U0052196

Seba · 蝴蝶

Seba・蝴蝶

蝴蝶館 74

蝴窗夜談

Seba 蝴蝶 ◎ 著

elegantbooks

目次

阿妹二三事

之一 阿姊

小時候的事情我記得不是很清楚，回憶起來只是一團混亂的黑暗。

能夠記起來的只是在一處明明日光燈明亮，卻覺得很暗的地方，阿公阿媽的照片，阿兄哭得紅腫的眼睛和雪白的臉，又冷又累又睏，伏在阿兄的肩膀上。

因為阿兄在發抖，我只記得一下下的拍著他的背。

現在回憶起來，應該是讓他抱著。

那年我三歲，我阿兄十三。在那一年，阿公阿媽驟逝，到現在他們怎麼去世的，親戚依舊緘口不談。

但是再多的我真想不起來，或許我就是個很薄情的孩子。出生以來都是阿公阿媽撫養的，但他們過世我卻連一滴眼淚也沒掉。

倒是一直帶著我的菲傭瑪麗亞突然不做了，讓我哭鬧了幾天。

我開始記事就是跟著阿兄和阿姊相依為命。

至於我爸媽……我爸在大陸當台商養小三，我媽給人當小三順便在高雄幫那個人開公司。但這都是我長很大了才知道的事情，上一輩的愛恨情仇還真不是我們能置喙的，起碼他們也給錢養大了我們不是？

總之，一直在生命中缺席的爸媽不是重點，重點還是我阿兄。現在想想阿兄實在太不容易，那時他才上國中，又當爸又當媽的將我養大。小的時候渾渾噩噩的不理解，有陣子纏著他喊阿爸，讓他很是啼笑皆非。

我這輩子最感激的人就是他，最愛的人也是他。最想孝順的人，也還是他。

雖然在幼年的我眼中，他真有點神經質，一點風吹草動就會驚跳。但他真的把我保護得很好。

我阿姊……我很少看到她。印象裡她脾氣很不好，稀薄的童年記憶裡似乎還被她毒打過。到我上幼幼班的時候，還不敢進她房間，雖然那時候她的房間已經不掛鎖了。

阿公家是老公寓的一、二樓，自己打通了個樓梯連接。後來才知道，阿公阿媽把一樓當宮廟，曾經拜了許多神明，門口還有很大的香爐。在他們過世後這些都被我爸處理掉了，最後只留下了公媽牌位。

二樓是住家，阿姊卻在一樓有個很小的房間，不跟我們住在樓上。

對太習以為常的事情，都感覺不到奇怪。我知道我阿姊很愛漂亮，有很多好看的衣服。每天在洗衣籃都會看到她的衣服，而且都是阿兄在洗。洗完還要疊整齊，然後下樓放在她房間的衣櫃裡，之後去公媽那邊敬香。

我也看過她吃過飯的碗，總是只吃了一兩口，很浪費。

偶爾在家裡，也會瞥見她跑去阿兄的房間，喊她是不會理我的。但她長得跟阿兄一模一樣……果然雙胞胎就會長得一樣。

是的，阿姊是爸媽的第一個孩子，和阿兄是雙胞胎。但個性真的差得很遠很遠，阿兄那麼好，她卻那麼壞。

但也就這樣了，小孩子總是不會多想的。

記得是幼稚園中班的時候吧。我媽難得的回家了，我幫她開門，雖然害羞又膽怯，終究是自己媽媽，說了幾句話發現她總是笑咪咪，我興奮的沒話找話，「我很乖，阿兄很乖，」遲疑了一下，還是決定替阿姊說好話，「阿姊也很乖……」

我媽的臉色變了，可惜那時候我不懂看臉色。「什麼？什麼阿姊？」

「住樓下的阿姊。」當時的我莫名其妙，「公媽後面那邊……」

其實發生什麼事情，我真的不太清楚。我只知道耳邊巨響，好一陣子聽不到什麼，臉很痛，一隻眼睛睜不開，好像隔著水聽聲音，明明知道很尖銳卻聽不懂在說什麼。

等我清醒過來已經在阿兄懷裡，我媽打過我以後又拚命打我阿兄，不是阿兄護著，我應該還會被打幾個耳光。

正亂著的時候，廚房傳出霹哩啪啦的聲音。這我很熟悉，最少比像瘋婆子一樣的媽媽還熟悉。

阿姊發脾氣的時候會亂摔碗碟。

突然大家都安靜下來，連罵個不停的媽媽都停了。日光燈閃爍幾下，突然黑下來。

阿姊不高興的時候會關燈嚇人。

然後我媽突然搶了皮包就跑出去，一面跑一面喊，「不是我不是我！我不知道……」

後來我病了一場，阿兄幫我收驚才好了。

我媽還是有再回來過，但是小孩還是有小孩的狡黠。從此我不曾在她面前提過阿姊。但她也總是來去匆匆，不曾過夜。

終究還是知道阿姊是……「什麼」。

起因是在幼稚園和朋友拌嘴，小孩子總是喜歡攀比，比完爸媽比兄姊，阿兄沒話說，就是那種標準的優等生，所謂「別人家的孩子」，每天送我上學放學，好得不能再好的哥哥。

最後比姊姊，但我一說阿姊，就被別的朋友嘲笑，「妳根本沒有阿姊。」

明明有，怎麼可能沒有。吵到最後打起來，後來被老師分開，把我們都罵了一頓。來接我回家的阿兄無語了半天，臉色更蒼白，肩膀都垮下來。我看得害怕，最終沒有再哭鬧。

現在想起來，那時候是怕連阿兄都不要我，就再也沒人要我了吧……只是小孩子總是心裡明白卻說不出個所以然。

那時就是覺得委屈，很討厭被冤枉的感覺。我不想鬧阿兄，趁阿兄去買東西的時候溜到阿姊的房間，決心要等她出來，然後帶她去給朋友們看——我真的有阿姊。

等著很無聊，我翻看她的東西。

很多漂亮的衣服，但是從小嬰兒的到少女的，都收在衣櫃裡。梳妝台有梳子有髮飾，有個很大的蝴蝶結吸引了我的注意力，我拿起來在鏡子前面，發現我不會梳馬尾，想拿給阿兄幫我繫上。

踏出房間，我差點跌倒，轉頭回去看……

這是第一次，我正面看到阿姊。

她長得跟阿兄很像，但只是像而已。她趴在地上，歪著腦袋看我，嘴角幾乎咧到耳根，有隻手很長很長，抓著我的足踝。

是嚇得跌倒還是被她拖倒，我已經想不起來。只知道尖叫哭泣的時候，阿兄從樓上拚命跑下來抱住我，「不要這樣！她是妳妹妹，她也是妳阿妹啊！」

我只記得嚇得大哭，日光燈霹哩啪啦的發出破碎聲並且黑掉，拉下鐵捲門的一樓黑暗下來，唯一發亮的只有公媽桌上的，發出青色火苗的香爐。

……

再多的我就不太想得起來，畢竟那時候我還是幼稚園的小朋友。

但是我漸漸的知道和習慣阿姊的存在。小孩子的適應力是很好的。

我們知道的不多，只知道當初阿姊和阿兄出生時，阿姊非常健康，而阿兄的情形不太好。但是七天後，阿兄度過危險期，阿姊卻莫名夭折了。

阿姊的罈子，在她房間的地下。從小阿兄就要幫阿姊試裝，新衣服都得試穿一下。阿兄，也看得到阿姊。

但有時候我在家裡看到的「阿姊」，事實上是阿兄在試裝。

為什麼會這樣……我猜只有阿公阿媽才知道吧。但是他們已經不會回答我們了。

漸漸長大，雖然有所猜測，但總不是我們願意知道的那樣。

阿公阿媽的宮廟，雖說好事有作一些，但壞事可能更多。三、五倍……吧。後果卻都是我那可憐的阿兄在收爛尾，對了，還有我姑姑的兒子，表哥。

我表哥和抗拒的阿兄不同，他對這些神祕非常感興趣。有回幫我阿姊算命，最後衝出去和他一堆所謂的「高人」朋友相互應證，神情古怪的告訴我，阿姊的命格好得不能再好，美麗富貴，官祿並存，一生榮華，起碼能活到八、九十歲。

還神祕兮兮的將我拖到外面小聲說，「怎麼樣都不可能成為小鬼……」

但她已經在這裡了，如此存在。

嗯，也沒什麼高潮，我和阿兄、表哥還好好的住在那裡。在幫阿公阿媽收爛尾的時候，還得拜託阿姊幫忙。

她的脾氣也隨著年月漸漸好些了，不再一砸一大疊，實在浪費。現在頂多砸個鋼杯意思意思一下，我阿兄和表哥幾乎是同期當兵，我一個人在家，她也沒把我怎麼了。

她對我是不怎麼喜歡，但是也沒抗拒我幫她試裝——十歲以後我就幫阿姊試裝了，那時我阿兄都上大學，每次試女裝他都很尷尬難堪，我來比較好。

只是阿姊的服裝品味實在是……停留在十六歲就不肯前進。現在我剛上大學還好，但我三十？四十？還得替她試少女裝嗎……？

喔，對。有一點我非常忌妒，阿姊比我還大兩個cup。

之二 表哥

如果我喊表哥「表哥」，他會勃然大怒，坑蒙拐騙都要我喊他阿兄。阿兄最恨這個，這總能很快的引發他的爆點。他們少有的幾次打架都是為了這個。

事實上，我也承認我有兩個阿兄，兩個都很疼我，幾乎是他們倆將我帶大的。雖然說表哥真的歡脫得非常不靠譜，真搞不懂他到底是幫我阿兄還是增加他的麻煩。

但終究，我們是這輩「血緣」最近的人。

據說表哥一開始並不是跟我們這麼親近，個性也不是這麼的樂觀（加脫線）。他比阿兄小不到一歲，雖然都是阿媽在帶，但是內孫和外孫不是同個層次的。

我阿兄生在最好的時節，我爸媽二十出頭，感情還很好，阿公阿媽身體健康，期盼孫子很多年。好不容易有了阿兄，真是千萬寵愛在一身，同樣養在身邊的表哥就顯得可有可無。

阿兄沒被寵成死小孩只能說他心性堅定，但是表哥承認他一直都很忌妒並且討厭阿兄。

阿公阿媽過世之後，我爸媽和姑姑為了遺產打了幾年官司。你想，父母間都開戰了，小孩子又怎麼能融洽得起來。所以我國小之前對表哥幾乎沒有印象，雖然姑姑一家早就搬到二樓對門住了。

那當然是我阿公阿媽留下來的房產之一。但是為什麼開宮廟的人會有那麼龐大的房地產，真的不要問我，我也不清楚。

事情是發生在我剛上小學那年。我七歲，阿兄十七，表哥十六。

阿兄晚一年就讀，所以跟表哥同年級，當時他們都在離家兩站遠的高中就讀。跟一直精疲力竭應對生活的阿兄不同，表哥當時學壞了，迷戀網路遊戲到簡直把網咖當家。

那時候的大人……應該說我身邊認識的大人，都豁出命去撈錢，小孩都是鑰匙兒童。表哥是獨生子，姑姑姑丈總是塞錢，卻連他有沒有回家都不知道，這是很奇怪的現象。

回憶這段時，表哥說，那是因為祖上不積德，所以殃及子孫，結果被阿兄大罵了一頓。而我……嗯，表哥太不靠譜，我只能抱持懷疑的態度。

就在某個夜不歸營的深夜，眼睛充滿紅絲的表哥正在拚命練等。據說是一個包廂兩人座，說包廂也是好聽的說法，事實上就是隔板。隔壁的他不認識，但兩個幾乎前後進來的，表哥撐多久，隔壁的就撐多久。

隔壁那一個還趴在桌子上睡了一下才起來練功，表哥可是一天兩夜都沒睡了。

正在快要升級的那個關鍵時刻，包廂的門突然被拉開，阿兄鐵青著臉將表哥拖出來，對著另一個人說，「不行！」然後將鹽米摔在那人臉上。

「阿幹！我死了！」表哥暴躁的發怒，「你知不知道我還得練一個月！」

（其實多少時候連表哥都忘了，有錯找他。）

阿兄冷冰冰的對他講，「你的確差點死了……快叫救護車！」

這時候腦筋還有點迷迷糊糊的表哥才發現，被摔了鹽米的隔壁那個人，半倒在沙發上，臉色發青，一動也不動。

但是，還有一個「人」，坐在電腦前面，握著滑鼠，不甘心的看著他。

真奇怪，這兩個人長得一模一樣。

有人尖叫也有人圍攏，但都衝著那個倒在沙發上的人，坐在那邊的「人」卻沒有人注意。

阿兄用力的將表哥拖走，「第一次見到？放心好了，有第一次就有第二次，很快你就會習慣了。」

第二天，聽說那個網咖有個少年打電動熬夜過甚休克死亡。

從此表哥就把網路遊戲給戒了。

記得嗎？阿兄一直在替阿公阿媽收爛尾。我也不知道他們在想什麼，阿公是師公，阿媽是先生媽（我真不清楚他們怎麼會結婚），阿兄會晚一年入學就是跟他們學一些有的沒有的。

只可惜，兩邊都沒有出師，阿公阿媽就過世了。但阿兄對阿公阿媽有很深的感情，不管他們做過什麼，都是將他疼入心的阿公阿媽。

他一直相信，若是盡量的收爛尾，就能讓阿公阿媽少受些苦頭。真不知道當年才上國中的阿兄是怎麼堅持下來的。雖然宮廟已經收了，但若是有孽緣的老香客回頭，他都會盡量設法周全，當中有些時候真的很危險。

阿兄說，那天他感覺非常糟糕，原本早就回家，卻還是坐立不安的想去學校一趟，結果又等不到公車，乾脆走路過去了，結果經過那家網咖，才知道這種極度心慌的緣故是什麼。

不管大人怎麼勢若水火，我們這輩只剩下兄妹三個，他也不可能眼睜睜的看表哥被抓了交替。

我頭回看到阿兄發這麼大的脾氣，把表哥抓著一頓痛罵。向來桀驁不馴、眼睛長在頭頂的表哥，低著頭讓阿兄罵……

罵完他就興奮無比的開始問東問西，還想跪下拜阿兄當師父。

當然沒有收他為徒。阿兄是教了表哥一些防身的，因為他也看得見了。但表哥會的那堆雜七雜八，大半是天賦，另一小半是他到處查資料或偷學的。

雖然時靈時不靈，有些時候完全是添亂，常把阿兄氣得夠嗆。

但也不得不佩服，他真的有這方面的天分，擅長從許多假的裡頭淘出真的，然後拼湊成可以用的。

呃，我卻缺乏這種天賦。能看到阿姊和另一個叔叔已經是極限，其他的……我就是個靈異智障。

從此表哥就死皮賴臉的住在我家……一年起碼有三百天。然後把他對網遊的熱情全扔到玄異 **on line**，如果不是阿兄利誘威嚇的補習，我想他是別想摸到大學的邊。

我也是頭回看到有人見到靈異沒有嚇得大病一場，而是興致勃勃的想要試手。

對，那位網咖少年據說跟到我們家，表哥用他剛出爐的三腳貓工夫……結果沒抓到反而讓他跑了，毫不意外的又讓阿兄大罵了一場。

表哥說，之後又出現了好幾起網咖休克的死者，說不定就是那傢伙引起的抓交替……但是他過往記錄太不好，所以我依舊保持著懷疑的態度。

之三 阿叔

其實我沒有叔叔，我爸這輩只有一個姑姑和他。

這個阿叔，其實是我亂叫的，那時候我們不清楚他到底是誰。

我的記憶在上國小以後就變得很鮮明，不再渾渾噩噩了。表哥日後常吹牛，說是我們這輩齊聚了，三點成一面，所以阿妹（我）聰明伶俐起來。

但是對一個滿嘴亂跑馬的表哥，實在很難不抱著懷疑的態度。相信我，這是血淚教訓導致的穩重。

那時我已經明白和接受阿姊的事情，也知道阿兄會……「辦事」。但是，到現在我也沒搞清楚我們家是什麼路數，一整個大雜燴。

表哥的解釋很荒唐，但說不定還勉強能說明。他認為民俗宗教本來就是相混的，會互相借鏡進化演變。說不定阿公阿媽的各自傳承都沒學透，傳到我們隔輩這代更不剩下什麼了。

至於我爸、姑姑那輩，根本不信這套，更不可能學個一招半式，所以不須指望。能夠指望的，就是還算有點譜的血緣。

他非常相信我們三個都繼承了平埔族祭司的血脈。

這個，聽聽就算了。他根本提不出半點證據，只是根據阿兄異常虔誠的拜公媽就認定，經不起推敲。

這應該是發生在我小學二年級的時候。

老公寓的房間都很小，二十幾坪而已，別指望房間有多大。所以念書都乾脆到客廳，阿兄非常勞碌的看我讀書，順便壓著表哥用功別作亂，非常辛苦。

記得我說過，一樓和二樓有自家造的樓梯相接吧？通上來的地方大約在飯廳，要去廚房就要經過那個樓梯口。

大約十點左右，我覺得口渴了，所以去廚房抱了兩個寶特瓶的冰開水，阿兄和表哥應該也渴了。

然後我聽到木質樓梯輕輕的嘎吱聲，好像有人從樓下上來。

本來我以為是阿姊。經年累月跟這樣的阿姊住在一起，真沒什麼好吃驚的。只是提防她惡作劇，我退後了兩步，省得被她推到樓下什麼的。

……可我不但吃驚，而且腿一軟坐在自己小腿上，嚇得叫都叫不出來。

那是一個半透明的男人，我都能模糊看到他背後的樓梯。有很重的血腥味，薰得頭昏眼花，被他看一眼，心臟像是塞滿冰塊一般，非常非常的喘不過氣。

幸好他很快的回過頭，往客廳走。

「……阿兄！」我嘶啞的喊……其實聲音很小，但是阿兄對我擺手，把食指放在唇間示意我安靜，然後拽著表哥，繞著那個男人跑過來抱住我。

這個，我真不會描述，哈哈。恐懼真的不好說明，只有當事人才知道那種冰冷的無助。總之就是我們三個孩子聚在一起發抖，事後阿兄說，他雖然會一點，但對戾氣這麼重的那位阿叔也是沒辦法的，更不要提連半點都沒有的表哥。

只是不明白，為什麼公媽會放他進來……那段時間我們三個的時運都不低，也沒什麼劫數。

越不明白越害怕，連吱吱喳喳嘴不停的表哥都安靜下來了，緊緊牽著我的手。

那個阿叔環顧四周，在客廳的沙發坐下來，盯著我們一個個的看過去，面無表情。我們齊齊咽了一口口水，有點滑稽的聲音。

僵持了好一會兒……他從茶几上拿起遙控器，打開電視，開始看。

……現在是怎麼回事誰來告訴我？

然後就不知道為啥，三、五個月就會見到那個阿叔，時間也大約是十點十一點左右。一定從一樓大門進來（大概吧），沿著樓梯上來，看看我們三個，坐在客廳拿起遙控器，大約看十分鐘到二十分鐘的電視，關上，再看看我們，從二樓的大門穿門而出。

這麼說可能不明白有什麼好怕的，但是不要忘了，我家有阿姊。阿姊在他們那界中是霸王般的存在，我懷疑她還會發出超級霸王色，在她埋骨之地是接近無敵的角色。而且她還有很強的地域概念，不然你以為當時阿兄不過是個國中生，憑什麼能保留這一、二樓給我們遮風避雨，沒被大人搶去分了？

但是這個無名阿叔一出現，她就跟死了一樣安靜。

我是個靈異智障，超強阿姊只有在極度憤怒的時候才能讓我看到，活到現在二十幾年，看到她的次數一隻手數不滿。其他的小雜魚根本就別想出現在我眼前，哪怕是根頭髮。

可我不想看到阿叔都不行。

一開始有多恐慌，我都不知道怎麼說了。表哥一直翻阿公留下來的破書，也沒翻出個所以然。最後是阿兄遵照自己的本能，決定……不管他。

好吧，我知道聽起來很遜。但是能輕易走進有公媽庇佑的家裡，這其實是很困難的。阿兄說，他問過阿姊，可阿姊不是沉默就是尖叫，完全不能溝通。

幸好阿叔也就這樣，好像是專程來看電視的。你知道，緊繃到最後也會疲勞，之後我們都視若無睹了……只有我會理他，這個，只能說乖小孩當久了有後遺症，我會給他倒茶拿水果，合十奉請之後，他會一臉怪異的看我，然後拿起來吃。

有回第四台壞了，他按下遙控器只有一片雪花，我起身放了巧虎島，結果他和我一起看了一個小時的電視，是他留得最久的一次。

最後表哥得到一個超級不靠譜的結論，說，這位阿叔絕對是我們的先祖，不然怎麼能突破公媽的聯合陣線……自己人嘛。

原本阿兄和我都嗤之以鼻，結果在某年暑假產生了驚天動地的變化，動搖了我們的不信。

阿兄雖然很低調，但在圈子裡小有名氣。

（但是是什麼圈子，到底有哪些人，就不要問我了。阿兄不會告訴我，表哥只會正經八百的騙我，一點意義都沒有。）

看起來好像我們都不信表哥的推論，但是心底總是有些尋根溯源的期盼吧。或許是這樣，阿兄才答應了去慰靈，慎重其事的帶著表哥和我，跟一些……嗯，學者去某個地方作些儀式。

我看到的就是一堆比黑暗還深的霧氣，但也已經很不得了了。阿兄和表哥卻非常激動，激動得都哭了。

我們總算是尋到根源……的一部分。其實真的不要笑我們，活著的大人都把錢當親兒子，我們這些小孩難免會把死去的先祖當親人。

但讓他們倆停止激動，換我激動起來的是，在一團團黑暗的霧氣中，阿叔顯得非常白，而且光亮。

他詫異的看著我們，頭回露出一個有些困惑的笑。

後來聽說，有些時候連阿姊都搞不定時，束手無策的阿兄和表哥會試圖呼喚阿叔。有時叫得到，有時叫不到。但能叫到幾乎什麼難題都迎刃而解，表哥很樂的說，咱們先祖阿叔是個殺神中的殺神。

但故事到此為止，那就只是個有點溫馨（？）的靈異故事罷了。

阿兄和表哥大學快畢業的時候，阿兄二十四，表哥二十三，我十四歲。樓下傳來電鈴聲，我以為有人走錯門。

附近鄰居都知道我們住家在二樓，也快晚上十點了，推銷和拉保險都不該是這時間。阿兄要下樓，我不放心也跟著去。

鐵捲門旁邊還有個小鐵門，阿兄打開門，然後一動也不動。

我探頭去看……換我僵硬了。

是阿叔。臉上沒有刺青的阿叔。而且，他也不再半透明……因為他就是個活生生有呼吸會心跳的人啊天啊！

「原來不是夢。」阿叔一臉不敢相信，「原來真的有你們。」

表哥嚇得從樓梯一路滑跌下來。

這個，我們真的找不到好的解釋。沒有辦法說明阿叔怎麼會用那種形態跑來我們家，也不能解釋為什麼呼喚他偶爾會應召成為殺神中的殺神。

知道他是個活人，阿兄和表哥再也不敢呼喚他，想到就冒冷汗，幸好當中沒出事，不然罪過大了。

喔，阿叔。他認門之後，還是三、五個月就會來探望，當然不是穿牆而是按電鈴。

一直不知道他在做什麼，但他說已經退休。

其實吧，阿叔還真的把我們當自己的孩子看待。他不太會表達情感，只是默默帶吃的喝的來我們家，撿起遙控器，陪我們看電視聊天……其實多半在聽表哥胡扯。

當完兵後，表哥完全瘋脫了，滿島亂跑的找尋神祕。有時候會抱阿叔大腿請求護駕，阿叔都是淡淡的笑著，然後成為非常有力的保鏢。

阿兄倒是異常踏實的重開一樓，開個比飲料攤大一點的茶飲店，資金也是阿叔贊助的，說入股，其實丁點大的茶飲店能有什麼收益？

但還是沒辦法說明那種明明活著就用鬼魂形態來我家的奇妙，只能用表哥的胡說八道來推測。

或許阿叔真是我們先祖之一，只是已經輪迴轉世。但為什麼會出現在列位先祖之中……或許是他自己也不知道，他有多放不下我們這些子孫。

這樣想，的確會好一點。省得我們總是自憐自己是沒人要的孩子。

但我想，阿姊不同意。她依舊怕阿叔怕得要死，只要他出現，阿姊就比死還要安靜。

之四 孝女

聽說我阿兄是高人。

其實他也沒很高，一百七十五吧，真正高的是我表哥，足足高阿兄十公分，但我覺得表哥比較像騙子而不是高人。

好吧，我知道那些人講的不關身高，而是好像我阿兄什麼都搞得定，雖然我覺得阿兄最常作的表情是賞老香客一個白眼，沒好氣的說，「送醫院。」

在阿兄的眼底，絕大部分的人是沒事找碴，庸人自擾。他認為連副作用很大的西藥都比「辦事」的手段好，如果用藥能夠好轉，也絕對不要麻煩到鬼神。

鬼壓床？沒事，調整作息，早睡早起精神好，通常可以不藥而癒。房子陰氣重？搬家吧，如果沒能力搬家，搬台除溼機也能解決部分問題，廚房不要擱置不用，燒開水都行，能夠把問題解決到一個能忍受的程度。

見鬼？少年時他會叫人去看精神科，那些無差別攻擊的西藥往往可以讓你忘記這個困擾，成年後他脾氣溫和很多，會建議找醫生看能不能開些維他命B群來吃。

除了收驚，其他「辦事」的手段得擺在完全束手無策上面，因為「辦事」往往會有很深重的後遺症，會比西醫嚴重很多。

或許有人能完全沒有後遺症的「辦事」，但他不會，只能留待真正的高人。

所以他出手的時候很少，而真的會找國高中生去辦事的人也真的不多。

只是每次需要出手的時候，往往非常棘手。大部分他都不會讓我碰，堅持我該有個正常的童年，可有時候卻必須帶我出門，表哥抗議也沒用，因為這時候表哥就是個廢物。

嗯，怎麼說，我是個天生的「孝女」。

其實真正的名字是什麼，我們都沒搞清楚。民間一直有哭亡的習俗，也有專業哭亡人，還有一整套完整的儀式，有個特別的陣頭叫做孝女白瓊（琴），但這些我不懂，阿兄也只知道一點皮毛。

我也不知道為什麼看不見的我會成為「孝女」。表哥說我們三個各繼承了祖上的一部分天賦，可我和阿兄都沒理他。

會發現這個天賦，其實是一次意外。

有個老香客……被人為的改了氣運，大運幾個月，倒楣很多年，屬於爛尾的一部分。這就是為什麼阿兄會心軟去幫忙解決問題。

他阿爸過世了，卻還留在家裡瞎鬧，把家裡人嚇得夠嗆，幾個小孫子先後病了，情況不大好。我猜是阿兄從來不收錢才會上門，不然誰會相信一個高中生。

但是他老家在嘉義，阿兄不敢把我留給不靠譜的表哥，表哥也嚷嚷著要跟來見識，只好全家出動……呃，就我們三個搭火車去嘉義了。

結果他家阿爸超凶的，一個照面就撲到阿兄身上，被附身了。

頭回遇到這種情形，表哥那三腳貓能幹什麼？淨會添亂。抓著阿兄的手，有一股難以言諭的難過湧上來。

覺得不甘心，慌張和痛苦，哇的一聲我哭開了，傷心的不得了。

其實吧，不知道是環境還是個性因素，上小學之後我很少哭了。大概還是怕不乖會被丟掉吧……所以很少掉眼淚。這樣傷心欲絕的哭泣，把我表哥給嚇壞了，連被附身的阿兄都安靜下來，跟著我一起哭。

哭到覺得心裡好受些了，老香客他阿爸附在阿兄身上說，他一個人走捨不得，他疼如命的兒子、孫子卻都想把他趕緊掃地出門，他這輩子真是冤枉白費，哇啦哇啦的抱怨很久，最後提出要把存摺帶走，子孫不孝，新台幣比較可愛。

這時候我哭不下去了。忘了當時我是小二還是小三，卻深深為這位老阿伯的智商著急。帶走存摺有什麼用……補辦一份就好了啊！小學生都知道的事情為什麼你這麼大了還不知道……

結果很奇幻，原本怎麼找都找不到的存摺，居然就靜靜的躺在神桌抽屜，一拉開就看到啦。雖然他們一家子發誓開了好幾千遍都沒看到。

燒了存摺，老香客他阿爸就走了，阿兄昏了半個鐘頭才醒，之後長長短短的病了一陣子。被附身比流行感冒病毒還嚴重多了，怎麼可能馬上好，又是猝不及防的狀況下被強上，阿兄真的好可憐。

後來這個天賦算是無意中被開發了。遇到那種非常不講理的，阿兄和表哥抽籤看誰倒楣讓附身，然後我拉著手，哭一場讓他們發洩一下就過去了。往往人死不甘心，就是有點執著和掛念，哭一哭，有人理解，那口心氣洩了，大部分能和平解決。

這樣還不能和平解決的，不還有阿叔嗎？只是暴力完能不能完整投胎就要看阿叔心情好不好……

雖然說這個天賦真是屁用也沒有。因為條件非常嚴苛，必須拉著阿兄或表哥的手，簡單說就是血緣要非常近，這才有辦法當「孝女」。

附身不是那麼簡單的，也可能是我們不清楚有簡單附身的辦法，每次都搞得如臨大敵，阿兄和表哥都得痛苦莫名的抽籤才甘心去作那個倒楣鬼。

聽說表哥曾經因為被附身這個額外天賦，想要開發「神明」這個天賦樹，結果很慘。他被腳踏車撞到，結果手肘脫臼（那是什麼怪力腳踏車），然後把期末考考砸了，差點被留級。

我覺得，他平常糊弄鬼也就算了，意圖糊弄神明真是……

再者我覺得，那些能夠隨便請神上身的宮廟，真是有夠神的了，深感佩服。

之五　阿伯

聽到我朋友說他老媽跑去大陸算命，我啞口無言好一會兒。原因是因為台灣沒有高人。

我不跟朋友提鬼神事，大部分的朋友都以為我是無神論。我要好些的朋友都見過我阿兄和表哥，對他們印象都不錯，卻沒有人知道我們私底下在「辦事」。

不是我誇口，我兩個哥哥都長得白皙斯文，標準「穿衣顯瘦脫衣有肉」，沒事表哥就拽著阿兄去打籃球，形象很陽光，其實也不能怪別人看不出來……咳咳，離題了。

總之，我們的確不太在巷子裡（內行），可說台灣沒有高人這點就不對了。

（我比較想知道的是，對岸十年文革還有沒有剩下這類的人才。）

我說過，我家這邊是老公寓。有多老？大約是民國五十幾年建造的，到現在屹立不搖。這邊的居民也很老，外省人本省人原住民都雜住在一起，表哥猜測過可能有眷村大批的分配或集體來這買房子，時代已久不可考。

阿兄現在還會罵人「瓜慫咧」，就是小時候跟外省阿伯學來的，到底是哪一省，現在他還是不知道。

當中或許有高人，但生不逢辰，已經沒法去採訪了，但有個開藥房的阿伯，那絕對比我們這群三腳貓高很多。

這個阿伯是台灣人，但年紀多少，抱歉實在不知道。我爸小時候就喊他阿伯，據說一直是四、五十歲的模樣，但到我都上大學了，藥房阿伯還是四、五十歲的模樣，依舊喊他阿伯……看這輩分亂的。

他開的藥房很有趣，是中西合璧式，一半西藥房一半中藥房。雖然說牆上有掛著暈黃的藥師執照，但他……其實沒有醫師執照，就是個赤腳大夫。

看病也很奇怪，他會把脈，把完還是會把聽筒拿過來。會打針也會針灸，所以我也一直搞不懂他是西醫還是中醫。

但他很厲害。我猜，說不定比我阿公和阿媽更厲害。

不知道是不是跟阿姊住在一起，我的身體說不上好，要上小學前特別厲害，也不是很嚴重，只是咳得睡不著，流黃鼻涕，阿兄焦心的一遍遍帶我去看醫生，連台大醫院都去過了，就是醫不斷根。

最後是他想起來，他小時候也不大平安，是跟阿公不大對盤的藥房阿伯醫好的，所以就把我往那邊送了。

那時阿伯看到我，眉頭都皺成一團，最後沒好氣的說，「你阿公倒是一走百了。」打了一針，還針灸了半天，最後抱著一大罐不知道是西藥還是中藥的藥丸子回家了。

然後？然後就好了。

看到這裡一定有人想罵，靈異點呢？靈異點在哪？這不是普通的求醫記嗎？這也叫高人?!

別急。真正的靈異點在於，之前阿兄不是帶我去台大醫院嗎？報告出爐了，聽說不是病毒性也不是細菌性，這咳嗽和黃鼻涕是不應該存在的。

後來阿兄會對藥房阿伯特別敬重並不是他醫好了我，而是某天阿伯把他叫進藥房，一句廢話也沒有，直接教他怎麼把我阿姊放走。

理論上應該是沒問題，有問題的是我阿姊勃然大怒，又炸了兩樓的燈管，寧可魂飛魄散也不肯離開。

這個高人點，應該夠了吧？

之後我阿兄就養成了「送醫院。」這個口頭禪。應該是阿伯指點過他，反正他沒否認。

後來阿兄名氣累積了一點，不僅限於收爛尾，有的時候的確為難。送醫院吧，已經不生效。直接辦事吧，又覺得沒必要付出那麼大的代價。和鬼神牽扯，不過是種病。但強力驅除務必會被鬼神所傷，那就是傷，會留疤會有後遺症。

（不然你覺得我們吃飽太閒，辦事都盡量先威脅利誘的磨嘴作啥？直接把阿姊或阿叔叫出來放地圖炮就好了。）

像這樣的，就會試著問問阿伯能不能醫。大部分都可以，最少來求援的香客（還是習慣這樣叫）都沒什麼大礙的痊癒了。

後來不行是因為……有個不想付藥費的告發阿伯無照行醫。

阿兄很內疚，也非常生氣。有陣子他根本不辦事，每個來求援的都白眼一翻，「送醫院。」

阿伯第一次也是最後一次來我家喝茶，跟我阿兄說，「年輕人，不要那麼厚火氣。很多事情，漸漸就看開了。原本是積功德，何必被人動搖不積功德。」

他說，也是，時代進步總會要求些什麼，該辦的還是要辦。剛好他的師父也準備去念個醫學院，他也跟著去看看好了，說不定還有什麼可以學的。

我很好奇，阿伯的師父都該多少歲了，怎麼還有興致去念大學……還有他師父是誰？

大概是阿伯那天心情好，笑嘻嘻的說，他師父是從唐山過來的，很有本事，也不像別人印象中的高人，很喜歡學新知。

阿伯的藥房關了。那是阿兄大學時的事情。

再連絡上的途徑很令人意外，我那個荒廢的facebook，居然有阿伯的留言。就在半年前。

阿兄雖然很高興能跟阿伯連絡上，卻又擔心是騙子，陪我去見阿伯，表哥鬧著也要跟去。

將近十年不見，阿伯……還是四、五十歲的樣子。他叫師父的那個人可年輕多了。

表哥幫我們用手機拍了一張照片，我還以為不能顯像或者會跑出什麼靈異照片……幸好沒有。

只是看到兩個年齡不詳的中老年人跟我們一起比V，感覺還是有點奇怪。

後來表哥發瘋似的抱人家大腿，硬是學了一些有的沒有的，見識了一些非常奇妙的事情……如果表哥沒有加油添醋，我都要感慨古時巫醫不分家是真的，中醫也有對付靈異事件的手段。

當然，大部分都沒執照。只能希望這些高人跟阿伯他師父一樣也能與時並進（？）。

偷偷告訴你，其實現在有很多人都跑來台灣學中醫和卜算。

現在，你還要跟我說，台灣沒高人嗎？

之六 放符

我敢說現在的人聽到「放符仔」會一臉迷惑。若是攔人問，大約會回答放閃電鍊大火球聽說過，視他們玩哪個網遊職業而論，但是放符，對不起，在網遊裡道士是稀有生物。

其實不是的。雖然阿兄也是聽說的，在阿爸小時候放符仔很盛行，而且不限道士，大概有點能力的都會這個，特別專精的叫做「符仔仙」。好像不會就跟不上流行似的，甚至有人直接上扛棒（招牌）寫著陰陽二仙、桃花符之類的，公然宣布會這些不怎麼正經的路數。

當然，大部分是騙人的。我個人是覺得全部是騙人的倒好了。

據我表哥所說，放符仔在明末的台灣就有了。有很多種形態，有的是故意丟在路邊門前給人撿的，有的是乾脆偷貼在人家家裡，有一種聽說起於拐子，後來被金光黨發揚光大，是拍在人肩上起迷惑作用的。

（但是他的話實在……被騙太多次信用額度已透支，所以聽聽就好了。）

當然，所謂的「放符」，其實有點可意會而不能言傳，載體不一定是符紙。一開始我們知道的是防範、解除，阿兄可能會放符，但是他生平最恨三大事：放符、扶乩、養小鬼。若有人上門求救是因為這三樣，基本上他只會將人直接轟出去，大罵自作孽不可活。

表哥到底是從阿公鬼畫符中的天書學會的，還是跑去誰那兒偷師，這就不得而知。但他的確放過一次，被阿兄揍得滿屋子亂跑，最後也沒逃過那頓打，被迫發誓絕對不輕用，要用的話需要阿兄的同意。

阿兄會那麼火大，就是放符這玩意兒，害人居多，為善者少。惡毒起來，非常可怕。據說早年符仔仙鬥法都是相互放符……結果就是我們這代幾乎都沒聽過這東西了。

表哥說，厲害到相互團滅也是很令人佩服的，只是很可惜斷了傳承。我倒是覺得那種害人的法術斷絕了實在太好。

為什麼我知道得好像太清楚？因為，阿公就是符仔仙。這絕對不是值得驕傲的事情。

事情發生在我小六的時候。之前不是沒有發生過，只是都還算是好化解，這次讓我真正理解到什麼叫做禍延子孫。

那年我十二，阿兄二十二，表哥二十一。

嗯，那時我的學校管得比較嚴，我是特准上課都能把手機拿出來的小孩……老師知道我家庭的情形。當然，關靜音開震動。

但是上課時接手機也是會被老師瞪的，可表哥脫線歸脫線，不太會上課時間打給我，而且，我很不安，所以很衝動的接了手機。

結果一聽，我差點把手機摔了。用表哥手機打給我的是他的同學，連絡姑姑和姑丈都沒結果，打給阿兄又打不通，只好連絡我。

表哥在學校籃球場摔了一跤，昏迷了。已經送到X東醫院。

我當場急了，跟老師說一聲就跑。或許會有人說，妳個小學生去有什麼用？但我們的家，大人就是擺設和提款機，還常常提不到錢。而且阿兄一直覺得可能看不到我長大，存摺和房契都交給我收著，提款卡也在我這兒，我們兄妹三個沒有福氣當小孩。

幸好我學校門口有站牌，可以搭到X東醫院，也運氣很好的沒有等太久。等我一路跑到表哥的病房，他的同學很熱心的照看，那時他吐得亂七八糟，我難過得眼淚都快掉下來。

熱心同學跟我說，表哥就是走過籃球場，好好的平地不知道為什麼摔了一跤，摔就摔吧，怎麼一摔就摔出腦震盪。然後問我大人呢？

其實我也想問，真的。

（之後才知道，姑姑跟朋友去日本玩了，姑丈正在開會，非常豪邁的關了手機。）

表哥喘了幾口氣，扶著腦袋搖手，說他沒事，謝過了送他來醫院的同學。等人走了，他突然一把抓住我，「阿兄咧？」

「阿兄剛剛上課關了手機，我在公車上打給他了。」我趕緊倒水給他，「阿兄你要不要緊？」

「手機給我，快點。」他乾嘔了幾下，急急的打電話給阿兄，「你在哪？是我，阿弟啦！不，不要來醫院，也別騎機車了！你搭客運或捷運，快回家去！有個笨鬼認錯人了……嗯，嗯，我知道……嘔咳咳，等等我帶阿妹回去，阿妹在我這兒……」

「阿兄，到底怎麼了？」我差點被嚇死，晃著表哥的胳臂，「什麼弄錯？怎麼回事？」

表哥發出呻吟，「別、別晃，我頭暈……」

有輕微腦震盪的表哥，偷偷帶著我溜出醫院，在計程車上跟我講了來龍去脈。

他在學校籃球場被襲擊了。其實他還滿意外的，一般來說白天的校園陽氣太重了，不太可能中招，而且這個大學基本上是異教，靈異事件的機率很低。

所以他沒有防備，忙亂中倒是保住了精神面上的防禦，卻疏忽了肉體面的防禦，這就是他為什麼平地摔出腦震盪的緣故。

眼前一黑，他知道慘了。他就是個三腳貓，會幾手不上台面的法術，小說裡昏迷的主角可以用元神或元嬰作戰，不然還可以爆發小宇宙，這些他全都不會。

覺得應該會交代了的時候，結果襲擊他的笨鬼嘀咕，「什麼啦，原來是外孫，搞錯了……」

然後就跑了。

雖然昏迷了一下下，但是英明神武的表哥立刻洞察了一切，原來是隻笨鬼引發的一連串血案，所以要在英雄祭壇……不是，公媽之前主場作戰，粉碎笨鬼的一切陰謀詭計。

——刪掉廢話若干，大意大概就是這樣。

「我以為阿兄戒掉了網遊。」我無言了片刻說。

「魔獸爭霸不是網遊！」然後他朝著司機先生給的塑膠袋乾嘔。

幸好已經到了，不然司機先生應該想把我們丟在路邊。

至於我們為什麼還有心思一路鬥嘴的回家，不擔心阿兄被危害……這麼說吧，其實鬼神，絕大部分不會瞬移，極小一部分會瞬移的，所有能做的事情就是，「兩眼開開，準備投胎」。但碰到的機率很小，比連中十期大樂透頭獎的機率都小。

當然他們腳程很快，大概比得上遵守交通規則的汽車。但是人有人道鬼有鬼道，白天的鬼道還很蜿蜒曲折，不是很暢通。再加上找人的時間，那真的夠嗆的了。

在他辛苦找路時，科技日新月異的手機絕對比他快，等摸出頭緒時，我們都到齊好久，都布置完畢了。

一切都很順利，我以為只是表哥太脫線產生的烏龍。畢竟不是第一次。

結果被表哥稱為「笨鬼」的鬼神，輕鬆的穿門而入。我的確是靈異智障，但能感覺到溫度飛快下降，阿兄和表哥驚駭莫名的表情，還有他們視線所向。

阿姊一點動靜也沒有。看他們倆的視線是一點一點的接近。太近了。

兩個阿兄的祭解只能讓他止步，然後阿兄開始吐血。

退到公媽桌前，阿兄才停止吐血。然後付出幾次吐血的代價，終於確定我們公媽庇佑的範圍——以牌位為中心，大約十步左右，呈扇形分布。

至於阿姊，怎麼叫都不出來，完全撒手不管。阿叔，關鍵時刻掉鏈子。滿天神佛……一直都沒有交情，臨時抱佛腳也抱不到。

我和表哥雖然一點事情都沒有，但沒有用處。我們的主力攻擊手兼補師，一出範圍就損血……吐血。

真的傻眼了，現在怎麼辦。

最後是表哥把家私拿出來，非常嚴肅的和阿兄在安全範圍內……扶乩。

其實就算阿兄這樣天賦異稟，也非常厭惡被附身……代價太慘重，要大病一場或好幾場。但是和鬼神溝通，不要指望他們能夠憑空和你說人話。看是看得到，無奈語言不通，就算會讀唇語也沒用，何況兩個阿兄沒有點唇語天賦。

表哥能聽到幾句，還是那個笨鬼襲擊表哥的時候有類似附身的反應。

或許別人會他心通，沒有這種問題。我們可能不夠高，所以必須要扶乩的方式跟鬼神溝通。

附身當然比較快而清楚，但是兩個阿兄都是傷殘狀態，我……是靈異智障（轉頭）。幸好我兼任過案頭，不然我簡直太沒用。

原本以為這個笨鬼不會想跟我們說話，沒想到一請就來。能談是好事啊，武力太懸殊的時候，談判就是關鍵了！

……才怪。

辨識沙盤對一個小學生來說很累好嗎？所以笨鬼先生你廢話少些好嗎？滔滔不絕講了半天，結果都是廢話，你知道正在摧殘一個可憐小學生的耐性和體力嗎?!

長大後回憶這段，感覺很惆悵。我和鬥法最接近的經驗就是這個。你看小說和電影不管是恐怖還是靈異，鬥法不是氣氛到位就是金光閃閃，非常能刺激腎上腺素，時間相對非常短。

結果現實中發生的時候，冗長乏味，記下來的幾乎都是廢話，從害怕緊張到無感然後憤怒，花了起碼八個小時。

八個小時！當中我們還停頓下來吃飯上廁所，那笨鬼也不焦急，居然也放我們去。阿兄真的太固執了，其實用寶特瓶也可以解決某些問題，我都發誓不會偷看了，他還是堅持去洗手間，一路吐血一路去。

後來整理案錄，我感慨，這笨鬼大概是被關太久，比起自己的職責，他還更想跟人說話……不管是什麼，關久果然會關傻，鬼神也不例外。

簡單說，這個鬼神是阿公和人鬥法的爛尾之一。

據說是阿公先放了個斷子絕孫的符，對方遭受了一些災害，好不容易才扭轉劣勢，把這個符破了，然後反符。

反符追蹤而至，阿公卻用某種手段將反符引到一個墓仔埔，因時制宜的弄了個陣（？），於是這個反符附著的某種鬼神被鬼打牆，在那個墓仔埔繞了三十幾年都沒走出來。

看起來阿公很厲害，可是厲害了一半。

他怎麼不想想會有都市計畫這種可能，墓仔埔可能被遷葬蓋高樓大廈……於是沒有忘記自己職責的鬼神衝破了三十幾年的困地，可能是關傻了，只憑直覺（還是嗅覺？），第一個撲的是表哥，然後發現撲錯人了。

但是沒差，味道沒走樣。只是他的直覺沒有錯，但是道路已經大變。橫跨了大半個城市又繞回來，這次找到正主了，沒問題。

……問題可大著呢。

如果是其他緣故，都是可以談的。但是反符……這是報應，符法反噬。當初怎麼放的符就會怎麼回來。

「你騙鬼啊。」表哥沒好氣的嚷嚷，「你第一個應該找的是我舅舅。你找他了嗎？我看你是不敢找吧。欺軟怕硬的東西……我舅舅行三十年大運你就不敢找他！你不講規矩我們為什麼要跟你講?!」

不斷冒出廢話的沙盤安靜下來。好半天才激動的出了一句話，「我撕了他也是一樣的！」

這個時候，阿兄叫我上樓去，我不肯，他第一次這麼大聲的讓我滾上樓，不然就滾出去。

我傷心極了。雖然事情了了，我還是好幾天沒跟他講話。

後來表哥才偷偷跟我講，說阿兄那時候已經決定殺身成仁了。不要看那個鬼神還笨笨的，其實是關太久，讓他清醒過來，我們兄妹三人瞬間滅團沒問題，不會只吐幾口血。

條件只是，放過阿妹。

但是被關傻的鬼神不屑的回答，「你沒上過學?斷子絕孫，死的是兒子和孫子。孫女想死還沒資格。」頓了一下，又在沙盤很潦草的寫了一句，「外孫也沒資格。」

最後達成協議，阿兄發下毒誓，這代到他為止，永不娶妻生兒育女，算是完成了「斷子絕孫」。只要能寬限到阿妹阿弟結婚。

原本鬼神不同意，但是表哥非常擅長糊弄鬼。要他先去處理了我阿爸再說。

（聽說我阿爸是你阿舅。你這樣把他推出去好嗎……？）

到底在鬼神眼中，凡人的生命宛如一瞬間。大概是受不了表哥的死纏爛打，還是同意了，照規定先去守著我阿爸……依阿爸的強運來說，大概真的要守幾十年。

原來阿兄想瞞我的是這個。

從那天起我再也沒有對阿兄板過臉。我想真正的父母能做的頂多也就這樣。

至於阿姊為什麼袖手旁觀……阿兄不肯告訴我，基本上，他還是希望我生長在正常的家庭，父母緣淺，最少兄弟姊妹感情融洽，當然包括了阿姊。

還是表哥猜測過，或許阿姊也是懷恨我們的。但這到很久以後才證實了。

嗯，還是說說表哥第一次放符就挨打的事吧。

我表哥是個天才……只是腦迴路偶爾冒火花。

我們這種退休宮廟（？），其實有點像醫院。主治大夫救一百個人，有個人沒醫好，就有可能被病家打。阿兄也被老香客找人打過。

倒不是沒把他獨生女救活了，而是那個老香客……好像有什麼背景，想要阿兄替他做些……阿公會接的黑活，但阿兄嚴厲拒絕了。

當面自然對我們笑嘻嘻，但是背後阿兄被蓋布袋。

活人真的比死人棘手太多了。

結果表哥就對那個老香客和他老婆放符，據說是某種愛情符吧。快鬧離婚的倆中年夫妻，突然發現了彼此最美好的一面，重燃火花，愛得欲生欲死，彼此都很滋潤（？）。

四十好幾的人了，不到半年又有了，超高齡產婦又生了個兒子，打破了只有個女兒的格局。

對中了符的老香客來說，世界上沒有比愛情更重要的事情，於是在跟老婆如膠似漆的時候，把我們給忘了。

雖然結局是好的，阿兄還是把表哥痛打了一頓，因為他的思路實在奇葩到進入八奇領域了，阿兄實在害怕表哥坑人坑到習慣，一個不當心，最後把自己給坑死了。

但我看到表哥發誓的時候在背後交叉食指。我覺得，表哥可能不懂反省這兩個字怎麼寫。

之七　朋友

這是我國二時發生的事情，那時阿兄和表哥都去當兵了。

本來感冒我都不當回事，但是被放假回家的兩個阿兄念了一通，第二天我還是乖乖去看病了，X東醫院。

正要去領藥的時候，我看到了一個男生。

他看起來非常淒慘，穿著病人服，扶著牆一步步的往大門口去。額頭和手都纏著透著一點紅的繃帶。

我不知道為什麼會注意他，據說他很帥。但是我有個毛病，呃，我不太理解美醜的區別……我認得人的臉孔，不是臉盲症。我認得林青霞，認得如花，但是我分不出兩者哪個比較美。

總之，我不是因為他帥才注意他，應該說是種不好的預感。

突然，他站住了。然後我後頸感到寒冷，冷到刺痛。而他的表情也讓我緊繃起來。

我是靈異智障沒有錯，但是我早就學會研判阿兄和表哥的表情與視線。而且，我是正常人，正常人只要直覺沒有死絕都能感覺到不對勁。

能夠讓我這靈異智障寒毛豎起絕對不是什麼小東西。照小男生的表情，那玩意兒正往他那兒走去，而且他非常恐懼——即使表情非常逞強。

順著他的視線，我什麼也沒看到。但是雞皮疙瘩卻一輪滾過一輪，絕對不是小咖。其實我並不想管閒事，但在九月的醫院裡，我卻冷到指尖發涼——那東西只是經過我旁邊而已。

應該離他很近，照他的視線判斷。但是我離那男生更近。

明明知道好心不見得會有好報，我還是上前拖那個男生進旁邊的電梯。

「妳幹什麼？」他發脾氣，「我不能在這裡……」

「想辦法救你。」我連眼皮都懶得抬。

他身上有香的味道，很淡，卻清晰可聞。這應該是經年累月薰陶出來的，但又不怎麼像私有宮廟的氣質。

偏偏來看病，我身上沒什麼家私，那玩意兒能在白天出現，大概往外跑也不是個好主意。

最後電梯抵達地下某層。

「靠牆站好，不要抬頭。」我警告他，然後貼著牆站，低頭只盯著腳邊。

然後？沒什麼然後，那東西被驚散了。

聽起來似乎很神奇，說破不值一文錢。醫院的確是偏陰，時運太低的人在大廳很容易被衝撞，也常常聽聞一些怪談。坦白說，沒事不鼓勵人來醫院散步。

但是醫院很少「鬧事」。因為這裡算是陰差最常出沒的地方吧。官方在此，再怎麼大咖還是會矮上不只一截的。

雖然說，刻意攔陰差不是什麼好事，我也因此感冒加重，最後請了三天假。但終究還是讓許某活下來了。

這就是我跟許某人認識的契機。

嗯，他是我熟人裡算是最高的高人吧，跟我同年。認識以後覺得他很煩，因為見面他就說我是旁門左道。

雖然說得含含糊糊，他大約是所謂的道家吧，據說還是吃官糧的。我沒想到國家預算居然會出他們家的薪水。

再熟一點才發現，他是我阿兄的小粉絲，還是特別狂熱的那種。

聽他說我阿兄和表哥的英雄事蹟，都趕上好萊塢動作片了，誰相信啊，他該去寫劇本而不是開壇做法事。

就我看，他的符畫得非常爛，後來我還贊助他一些……看不下去了。

難怪他會被大咖的整到住院，還差點被追上。

至於他愉快的冒險生涯，我就不參與了。那些真是離我太遙遠的事情……我也不想被阿兄罵。

之後他終於鼓起勇氣跟阿兄要簽名了，臉紅得要命，我都以為他愛上我阿兄了。這種臉紅，一直維持到他交了女朋友，還是見到阿兄就手足無措，只會紅著臉傻笑。

我阿姊倒是喜歡他，但是他見過一次就落荒而逃。

之八　紅茶

說起來好像不可能，但我一直到大學之前，除了許某人，身邊的朋友完全不知道我是某種領域的巷內人。

當然也是國小時遇到一些事情，為此我還轉學……只能說，除非有緣分，不然插手別人靈異事最後只是被排擠或被迫承認說謊。而大半的靈異事往往也因為流年轉換而自然敉平，很少要人命，有時候雞婆反而會讓事態更嚴重。

所以我早早的學會偽裝，這樣阿兄們放心，我也過得輕鬆。

反正我本來就看不見。

直到我上大學。嗯，我們學校，不能用看不見推脫了。

至於是哪所學校，恕不奉告。這幾年也沒什麼人往生了，別再讓記者回憶起來冷飯熱炒。

總之，我開學第一天心涼了一大截。連我這種靈異智障都享受到雞皮疙瘩滔滔滾滾，陰風陣陣的快感。後頸的寒毛，在進入我未來會常出入的大樓，就一直沒有平息過。

坦白說，這對我的影響並不大……其實我就算在墓仔埔打地鋪也沒事。聽過陰年陰月陰日陰時生的陰人吧？抱歉，我是陽年陽月陽日陽時生，而且八字非常重，最少我沒見過有誰的八字比我重的。

照我表哥誇張的說法，這是真龍天子命，用任何一種卜算，都該是男人的命格。如果是男人，說不定還有機會撈任總統當當之類的……這還是含蓄的說法。

但是很不幸，我是女生。立馬破壞了這麼完美的命格，導致成了一個命比金剛鑽還硬，然後沒事就發炎，一點好處都沒有的命。

喔，還是有一點好處。鬼神不是很喜歡看到我。導致我有這樣的阿姊，有遺留大筆「債務」的阿公阿媽，我依舊成為靈異智障。

但是靈異智障還是人類，第六感還是完整的。我依舊不喜歡這種天天滾雞皮的環境，別人只會感到一陣涼風吹過，我卻知道讓靈異智障都能感受到的絕對不是小咖。

我真的想要平平安安的念完大學，請看我誠懇的眼睛。

於是在滾了一個禮拜雞皮後，我謹慎的拿了個最小尺寸的羅盤，大小就像個化妝鏡一樣，鬼鬼祟祟偷偷摸摸的在教學大樓附近閒晃，終於讓我找到肇事點。

屏息凝氣的靠近……我伸出劍指……

然後看到另一個劍指。

瞠目看著一個戴著眼鏡的男生，他看著我，淡定的將劍指挪到樹上，「那隻是黑面琵鷺嗎？」

我拿劍指去撥額頭的頭髮，「是嗎？我記得黑面琵鷺似乎要大一點。」

剛上一個星期的大學，班上的同學還處於名字和面孔沒辦法完全湊起來的狀況。我知道他是我同學，但到底叫什麼……

最後他推推眼鏡，淡定的微笑，我則是回以燦爛（應該吧？）的微笑，然後禮貌的道別。

之所以後來會成為死黨，是另一次不約而同的劍指……這次沒辦法推黑面琵鷺了，都快晚上十一點，光源來自我夾在劍指上燃燒的符，和他另一隻手上大把的香。

我尷尬得臉都燒紅了，他還是那副淡定到令人牙疼的臉孔，「好巧啊。」

後來我們熟了起來，發現彼此的家庭背景還真有些雷同。同樣都是宮廟（好吧，我家是前任宮廟），同樣都有親屬在辦事（他阿爸，我阿兄），同樣在這樣靈異氣氛濃厚的家庭，都是靈異智障。

那時淡定紅茶正夯，這位死黨完全符合那種讓人牙疼的淡定，所以我叫他紅茶。他堅持我長著張惠妹的臉孔……雖然歌聲是西門夜說等級，但還是叫我阿妹。

（不知道是什麼歌聲的，google一下西門夜說唱歌，推薦音浪，有退卻鬼神之效。）

（我不承認我唱歌有死歌加成。）

大概是一直都低調習慣了，頭回找到同類，很有同病相憐之感。他對我阿兄和表哥很感興趣，結果回去問過他阿爸，回來跟我驚歎，「原來那兩個高人是妳阿兄啊。」

「其實我阿兄不高。高的是我表哥，他有一八五。」

他沒說話，推了推眼鏡，還是那個淡定得讓人牙疼的微笑，「太好笑了，哈哈。」

我跟他認識以來，從來沒見過他有除了微笑以外的笑容……比方大笑。

後來我問阿兄，才知道紅茶他爸在圈子裡也很有些名氣。但阿兄和表哥頂多就說到這裡，他們對圈內人不八卦……最少不會對我八卦。

我覺得我跟紅茶會成為死黨，就是因為對很多事都有相同的體認，或許是生活環境與眾不同，所以對隱私這條界限很敏感。不會相互踩線，又能抒發一下在這種家庭卻是靈異廢柴的感嘆。

據說他哥哥或姊姊多少都有靈異體質，預備接他老爸班的三哥更是優秀乩身。只有他，絕對的絕緣體，連他們家主神都嘖嘖稱奇。

因為他的命實在太平常，平常到連一點波折都沒有。大富大貴不用想，大災大難也碰不著邊。逢凶化吉，遇難成祥。帶的官祿剛好夠他養家活口，絲毫傳奇色彩都不會有。

可他是個宮廟家的孩子。他老爸，還真的是替神明辦事的人。

他個人是說，他對這樣的命運並沒有什麼不滿。我猜是因為他不但笑容很淡定，個性也是同樣淡定得讓人想打。他自言有時會失落，大家都看得到，只有他是廢柴，幫不上半點忙。

「原來你不用做案頭。」我羨慕了。

喔，某蝶轉信給我說有人問什麼叫案頭。嗯，我們家是沙盤扶乩，往往在沙上寫字，解讀這些字的就是案頭。我從幼稚園就開始上書法班，到大學都沒落下，厲害吧？

咳，這只是為了「工作需要」。

離題了。

總之，我這樣講的時候，紅茶的臉稍微沒那麼淡定，露出勉強可以說是失落的神情，「要啊。我真希望他們能夠正確的使用楷體。」

我的嘴角微微抽搐了兩下。完全命中我內心深沉的痛。「沒錯。而且我希望他們廢話少一點。」

紅茶點了點頭，推了推眼鏡，嘆了口微微的氣……表情還是那麼討打的淡定。

其實我們並沒有針對彼此家庭做很深入的探討……畢竟在同學面前討論平安符和保

家符的正確寫法，只會引來怪異和嘲笑的目光。連比個劍指都可能被視為怪人，還是不要太特立獨行的好。

我們會聊跟家業有關的事情，通常是月黑風高偷做點法事好讓學習環境別那麼陰風慘慘的時候，來回的路上隨意聊到的。

到現在我還是不知道他家主神是誰，因為他很嚴肅的說，「跟妳說些故事，就算傳出去也沒事。敢傳我家神明的名字出去，我有事，會很有事。」

總之，姑且當故事聽聽吧，不要深究真實性。

有回我好奇他老爸有沒有因為神明代言人的身分有錢起來，他搖了搖頭。「我們家都是助學貸款的。祂……很嚴的。」

有多嚴呢？他舉了個例子。

他家其實已經有三代做宮廟了，他三哥會是第四代。但是在民間名聲不顯，香火平平，香火錢也就夠生活，三代的神明代言人，只有房子是自家的，還是神明不想頻頻搬家才有的。

為什麼呢？因為太多財富會導致腐敗，這是主神不允許的。所以就算辦事累死累活，還是只能拿主神允許的香油錢。

有次辦事的香客在禮籃裡偷塞了兩萬塊，紅茶他爸發現了，想想不過兩萬塊，沒事吧……

半夜馬桶炸了。為什麼炸，不得而知。修馬桶剛好就是兩萬塊，一毛不多，一毛不少。

從此他爸超老實的，被偷塞錢都立馬開車追去還。

當然還有很多軼事，令人歎為觀止，原來神明代言人也不是好做的。

然後，我終於明白，為什麼紅茶怎麼都不肯告訴我主神是哪位，事實上我也絕對不想知道。

之九　同學

先說個題外話。

會知道某蝶，是因為許某人不知道從哪個管道（至於是什麼管道你不會想知道的）看到一套四本的小說，然後火速發網址給我，還不是正版。

結果我看完第一部立刻把網址傳給紅茶，這個淡定的傢伙行動力非常卓越，出門買了那套小說，並且非常有毅力的從朋友的朋友的朋友之類的管道，設法和這位據說與世隔絕的作家聯繫上了。

之所以我們反應會這麼激烈，是因為雖然很多是胡說八道，但是又有些地方很微妙的和我們的生活有巧合之處。

尤其是我上大學後的背景和某些經歷，頗有異曲同工之妙，比較像打碎重組，完全不能解釋。

因為我是在她出書幾年後才上的大學，彼此不認識，生活圈也沒有交集，到現在我還在用手機看ptt，不會發文。

不過通過幾封信我就幻滅了。這傢伙常搞失蹤，偶爾回信都在壓榨我說鬼故事，世界上哪有那麼多鬼故事。

後遺症就是，許某和紅茶一直試圖證明自己是書中的某某人，他們倆倒是挺喜歡這部小說的。

其實我看他們倆都是路人甲。

而我，當然也不是女主角，我沒有那隻鳥。養鳥的是許某人，他堅持是文鳥……最好文鳥有五根爪子，而且活似乾枯的人手……我絕對不會讓那隻叫做「小倩」的鳥停在我肩膀。

當然，這些是題外話。

嗯，我實在想不起來有什麼鬼故事……結果紅茶很淡定的說，把大一暑假的那件事拿來講講。

我和紅茶與同學們的關係，就是不好也不壞。大學生嘛，總是劃定無數小圈圈，沒有小圈圈最少分組時會很麻煩。所以我們跟一組六個人的小圈圈走得很近，關係大概是出去玩會找我們，尤其是可能會喝酒。

紅茶會開車，而我體力不錯，萬一他們都喝掛了，最少有人把他們扛上車，不會有酒駕和被撿屍體的危機。而我們呢，也有個良好同儕關係，不至於被看成怪人。

車是一個男同學的。至於為什麼會是那種廂型車，我一直沒問過。

其實相處得還不錯，只是經過一個暑假，那幾個同學就不再跟我們來往了。

那是某個快放暑假的夜晚，同學們參與了某項活動，回來時興致很高，打電話給我，叫我去男生宿舍喝酒。

我本來懶得出門，結果紅茶打給我，說他已經在了，而且無聊。

那天阿兄和表哥出差，據說連阿叔都跟去了。我在家閒著也是閒著，就騎機車過去了，順便帶了一個袖珍象棋。

這真的是一個很平常的夜晚。舍監不知道跑哪去了，四樓住的人本來就不多，那六個人喝得很嗨，聲震屋宇，整個房間都是酒的味道和菸的味道，堪比毒氣室。

我和紅茶同樣到陽台避難下象棋，等他們喝得差不多了再去把屍體一般的醉貓送回家。

跟以往沒有什麼不同。

下到一半，紅茶突然停住，不知道傾聽什麼。我不懂，只有一片安靜要聽什麼……安靜？今天喝趴得這麼快？

我突然回神，我來不到半個鐘頭吧？他們還不太醉，我還應付了幾杯呢。

然後我看到了這輩子看過最詭異的情景。

所有的人都安靜得要命，有的人原地不斷轉圈圈，有的人四肢著地，有的還爬到上鋪。每一個都手舞足蹈，臉上的表情都很夢幻的快樂……或者說狂喜比較對。

我和紅茶站在門口發愣，聽到外面有人跑過來，發現是出去上廁所的同學，他也一跳一扭的跑過來，猛然一推，我覺得好像被大卡車撞到似的，痛得要命的被推進寢室。

明明他們的眼睛都是閉著的，卻都靜下來「看」我和紅茶。

「……他們下午到底去幹嘛？」我看著明顯也不大好受的紅茶。

「聽說去探險。晚上不敢去所以……」紅茶很淡定的推了推眼鏡。「我來時還很正常。」

我無語。靈異智障能看得出哪裡不正常嗎？套了人類這件「衣服」，靈異智障能感覺的異常都沒了。

當時我腦海一片空白。眼睜睜的看他們用詭異的姿勢慢慢逼過來。

這麼說吧，其實我應該有很多應變的方式。雖然阿兄一直希望我過正常的生活，但是祖上這樣龐大的「債務」，我只靠天生的陽氣和天賦去碰撞，很明顯找死。所以我的確會些小招數，大部分的時候應該很有用。

不是我自誇，某些需要陽氣的符，我畫得比阿兄還厲害。

但是，這麼說吧，我一直是個小小後勤，頂多就是幫拿包包跑個腿這種程度，有事兩個阿兄頂著。現在我的情況像是坐辦公桌的後勤必須拿起槍跟歹徒對抗。

所以我第一次辦事的處女秀就是……甩了靠近我的同學一個大巴掌，讓他往後滾了三圈。

結果紅茶的表現讓我瞬間平衡了。

他這個三代宮廟之子，應對的方式也一樣。而且打完巴掌他平靜的臉孔抽了抽，似乎很痛的甩了甩手。

我笑出來……好吧，我知道不該笑。但是情況真的太詭異的好笑。

不過我很快就笑不出來，他們居然會包抄圍堵，首先就是關門。然後笑得挺開心，口水不但流下來，還帶白沫。

二對六，情形非常不妙。

我終於從最初的腦筋空白狀態轉過來，發現我起碼會一百種應對方式，但是當中有九十九種做不到……

馬的誰會帶家私來喝酒啊?!

立刻求救的看向紅茶，他氣定神閒的推了推眼鏡，「我什麼也沒帶。」看起來要GG了。

至於當中的一場混仗，我就不想詳述了。我只能說人類潛能無限，我和紅茶都會點散打，居然被這六個體虛奧少年逼得差點開窗跳樓……但這裡是四樓。

好不容易將他們暫時逼退，我們也被卡在牆角。

「紅茶，你頂一下！」我突然想到，趕緊將口袋裡的手機拿出來。

「十五秒。」這種該死的緊急狀況，紅茶還是那種讓人發瘋的淡然。

至於他幹了些啥，當時我不知道，我只能低頭拚命尋找我把那個聲音檔放到哪去了……最後還手一滑，按到下一個。

一聲驚天動地的「哇～」簡直要弄破耳膜，我不確定是被這巨大的聲音嚇到了，還是真的有用處，反正所有的人都僵直了。

「……阿妹，妳行啊。」紅茶聲音有些含混的說。「這是什麼？」

我朝他擺了擺手，將音量調到最大，又是那聲鬼哭狼嚎，我自己都不大好受。但功效令人欣慰……那六個同學垮成一堆，磨牙的磨牙，打鼾的打鼾，說夢話的說夢話。

好幾陣的冷風颳過，讓美麗夏夜有隆冬的風情。

「這是我……出生的第一聲哭聲。」我擦了擦嘴角，都被打破了。紅茶比我還慘，講話都大舌頭。後來我才知道他頂的那十五秒就是靠一口舌尖血，但是……你知道的，業務不熟練的要不就咬不出血，要不就差點咬舌自盡……我們都懂的。

關於這哭聲的錄音，還是當時也在場的姑姑說給表哥聽的。

我還在老媽肚子裡時，可以說乘載了全家人的殷殷期待。不管是阿公的卜算問神，還是阿媽的尪姨做法，除了超音波照不出來，但所有的結果都指向這絕對是個男孩，還是有大造化的男孩。

等我媽在好的時刻陣痛，並且在最好的時刻把我生下來，阿公激動得發抖，把我的第一聲哭錄下來。

據說，真龍天子誕生的那一聲哭，可以震懾鬼神。

天時地利，可惜人不和。出生的是個女孩，真是人間悲劇，完全崩壞了這麼好的命格。

姑姑拿這個當教材，再三的告誡表哥裝神弄鬼沒前途，結果表哥很感興趣，翻箱倒櫃找到那個塵封已久的錄音，並且弄到我手機裡，試圖給我當手機鈴聲，當然被我嚴厲的拒絕了。

開始時我也沒想用這個，我是想點上一個往生咒。

「用往生咒可能我們已往生。」含了半天冷水的紅茶終於恢復他那令人牙疼的淡定聲調，「拷貝一份給我。」

最後紅茶那口舌尖血一點浪費都沒有，我們還從同學臉上回收一些，混在墨水裡寫了幾個符，設法守了一夜。

雖然是用便條紙寫的符，但也不要太輕視了。畢竟紅茶人家背後有人，而且是大人物。

只是分給同學的時候，他看我們的眼神像是看兩個神經病。

愛怎樣就怎樣吧，反正能持符走出百步就沒事了，扔就扔了吧。

到分開的時候，我還特別點了點名，每個都在。熬了一夜實在太累，紅茶噴了那口舌尖血失了不少元氣，我叮嚀他們自己搭計程車，依舊被看成瘋子。

大部分的人都平安回家，只有一個女同學，當天沒有回到家。

那就是另一個故事了。

之十 尋

發生那件「集體夢遊」，開始我和紅茶都沒當回事。

不止我打電話給阿兄，紅茶回家頭件事也是打給他阿爸。兩邊的說法不太相同但也差不多。

大概是那幾個同學跑去某些猛鬼地點探險，做了些不恭敬的事情，比方說拿了些紀念品或言語輕佻，或更乾脆的在人家的地盤解決生理問題之類。

事實上，真有性命危機的情況很少，這情形算很嚴重了。但也只是趁人睡覺或酒醉意識不清借「穿」一下身體，許多找不到原因的夢遊就是這樣。

附身對他們而言並不舒服，活人陽氣重，對他們的感覺就像穿著火烤盔甲一樣，所以附身常見陽氣不足的小孩或女人、老人。血氣方剛的年輕男人若是被附身……嗯，請多少節制一點，不要太遵從荷爾蒙的衝動。

當然，也有例外。像是先冒犯他們的就會被討債，時運低的話就會被「穿」。但是多半也只是感受一下活著的欣喜，天亮陽氣旺盛之後就會走了，不太會鬧亂子。

這就是起大規模的集體夢遊，大概是跟回來的不只六個，想制住我和紅茶就是想讓沒分到名額的也享受一下活著的氣氛。

只是我沒想到這幾個同學感情這麼好，連時運低這件事都相約一起低。

回家後我一直沒有精神，睡了十幾個小時還是想睡，最後乾脆好好休息，燉了缽四物雞好好補補。

雖然我沒噴舌尖血，大概還是傷了點元氣。紅茶大概更慘點，我發簡訊叫他吃點四物湯補補氣，他只回了我一個瞌睡的表情符號。

結果我調養了兩天才算恢復過來，當中阿兄打了幾通電話給我，說那邊的事情有點麻煩，可能要晚點回來。

我覺得事情已經解決，也只叮嚀阿兄看著表哥一點，幫我跟阿叔問好。

誰知道，到第三天，紅茶撥電話給我，說，小Z（化名）根本沒回家，應該是失蹤了。

「……報警了嗎？」

紅茶那向來淡然的語氣難得的凝重起來，說事情不是報警這麼簡單的了。

其實我們學校偶爾會發生神祕失蹤事件，但沒真出什麼事情。通常就是人突然不見了，然後出現在某些地方迷迷糊糊的，不記得發生什麼事情。一般都是當作酒醉、吃藥或生病之類的處理，往往也沒什麼後遺症。

紅茶不要看他一副淡定臉，事實上很喜歡這類奇聞軼事，他還跟當事人訪談過。

但是這類事件最多就是一天，現在小Z失蹤已經三天了。

他認真起來，回去事發的男生宿舍查訪，發現有張符被撕碎扔在桌子底下。

「說不定她放暑假去了。」我們是在男生宿舍門口分開的，就算她沒拿著符行百步，她男朋友送她回家，總沒事吧？

紅茶安靜了一下，「她男朋友又把她帶回男生宿舍。睡醒沒看到她，以為她回家了。到今天才知道著急。」

對於同學間的感情生活我不想評論，只是我若交個男朋友三天不見人影才著急，我會覺得自己眼瞎並且浪費感情。

「所以呢？」

「我算了一下，小Z不是時運低，根本就有死劫。這劫不過就GG了。」

我瞬間清醒。

嗯，這要插播一下關於紅茶家的家業由來。事實上不是主神找來的，而是他們阿祖哭著喊著去抱主神大腿煩不過才勉強命為神明代言人。

他們家不知道為什麼，一直有濃厚的靈異體質。這不是啥好事，折騰得夠嗆，到最後只剩下他阿祖一個人，而且命不久矣。直到抱了大腿，才算是把命保住了，但往下傳也是兩代單傳，直到他爸才算是功德夠了，紅茶才有那麼多哥哥姊姊，甚至出了他這樣一個絕緣體，有希望這可怕的靈異體質能夠漸漸泯滅。

不過紅茶阿祖在遇到主神之前，對自己人生感到非常迷惘，勤學了不少命算卜卦之類，後來成了他們家族企業的額外項目。

畢竟主神脾氣不小，更不是便利商店，只有看祂老人家高興，沒有隨傳隨到那種事情。所以問事的時間很少，更多的是卜算和一些民間方術——主神祂老人家許可的範圍。

紅茶卜算很厲害，雖然不常出手。這個我略有涉獵，但是算得很慢，我表哥比較精通，但我看他還是猛按計算機。

最絕的是，紅茶非常先進的寫電腦程式直接跑運算的部分，坊間的電腦紫微斗數也不是說不準，只是他會的更精進、更煩瑣些。光他寫的就有七、八種，有的還有手機app。

他對我的驚歎很不解。因為他覺得只要有高中程度就能流暢的寫這些簡單程式。可我表哥讀得就是這科系，到現在還是用計算機。

總之，他除了運用科技非常先進，解讀也非常毒辣到位。

「你弄到小Z的出生時？」我想了半天問。

「一天不過二十四小時。」他回答的很淡然，「很容易歸納整理出最可能的時刻。」

我沉默了。

其實紅茶打來一定是調查到一定程度，胸有成竹。但是我掙扎著不想去管這件事。

一來是學校的問題有點嚴重，連阿兄和表哥都叫我好好上學，能夠做的只是武力展示和友好賄賂。地點有問題，風水有問題，本來的山頭老大，我們根本惹不起……甚至不明白祂是什麼。

二來是死劫的問題。

看過命盤吧？最少也知道「某某壽算幾何」之類的。但是這個壽算，只是個大概值。就是時運低的時候沒事，最可能達到的最大壽命。我也不知道怎麼解釋，比方說吧，小劫，大概就是七十五％能度過，大劫，大概就是二十五％能度過。死劫，只有五％能度過。

時運低到有死劫的，通常被抓交替都不算犯罪了。

這種情形下，跑去虎口奪食，我不覺得我們這兩個三腳貓都不算的靈異智障能有什麼好下場。更何況是什麼東西把小Z弄走的都不知道。

「難怪每年都有那麼多救溺水而犧牲的英雄。」我煩躁的嘆了口氣，「我知道了。」

「阿妹，我不是要妳一起來。」紅茶安靜了一下，「我只是先跟妳講一聲，免得連……都沒處找。放心吧，我一生平凡，摻和進來就出不了大事。我不摻進來，恐怕小Z就真的沒救了。」

「我這幾年時運很高。總之，在男生宿舍門口見。」我掛了手機。

人們常把自己估得很高，覺得自己一定可以鐵石心腸。其實不然。你看吧，每年多少人為了拯救溺水者而亡，又有多少人捨身救人。有些時候事情逼在眼前時，腦袋一熱就上了，並不是情操特別偉大。明明知道有某個人有能力去救，卻完全沒有努力過，人類總是會在未來將自己折磨得夠嗆。

或許就像表哥說的，這只是一種種族延續的本能，本能逼你去拯救其他同族。該死的本能。

紅茶打電話給我時已經是傍晚，我到學校時，天已經黑透了。

看到紅茶時，我繃著臉。

他推了推眼鏡，氣定神閒的遞了罐飲料，「要不要喝紅茶？」

噗嗤一聲，我笑出來了。因為飲料罐上貼著「淡定」兩個字，很明顯是手寫。

其實只是找人，我這麼神經緊張做什麼。來的路上我打電話給許某人，結果他根本沒開機，直接轉語音。關鍵時刻掉鏈子，我應該習慣了。

雖然說鄰近暑假，男生宿舍人少很多，但一、二、三樓還是很熱鬧。只是一上四樓，就安靜得好像沒有半個人。

至於為什麼會有這種現象，我是不想深究了。我和紅茶快步往小Z最後下落的那間走去。

小Z男朋友據說將鑰匙給了紅茶就落荒而逃。

沒有半個人在，一片死寂。

我望著瘋狂飛轉指針的羅盤發呆，這屋子也太「擁擠」。

輕咳一聲，紅茶斯文的推推眼鏡，開始用他那淡然的令人牙疼的聲調，「鱷魚有知，其聽刺史言！潮之州，大海在其南……」

開始我還沒聽懂，因為他是用台語念的。不過我們家本來就是講台語居多，所以也就轉過彎了。好一會兒我啞然，這是韓愈的《祭鱷魚文》。

能有用嗎？我懷疑。可原本瘋狂亂轉的羅盤，指針終於平靜了點，一抽抽的像打擺子，最少分得出南北了。

太神奇了傑克。

紅茶自言他們家是道教裡的閭山道，屬三奶派中的紅頭。閭山道又稱閭山派，卻深受淨明道的影響。淨明道好像沒什麼名氣，事實上是道教中非常特別的一個分支，可說是吸收儒道最深的道教，講究忠孝，相信善行功果，護佑萬民，被稱為「道之最正者」。

這些查維基就可以了，我知道的可能就不那麼正確。許某人自稱是淨明道，而且強烈懷疑紅茶他家也是同道中人，而且是竊學。

淨明道傳承甚嚴，教徒其實不多。據說台灣早期某些辦識經班的老人家就是淨明道徒，有個維基沒寫到的是，淨明道中儒家的部分比想像中還高。

最少現在紅茶在我面前用《祭鱷魚文》把環境清靜許多。

照紅茶原本的規劃倒是很簡單粗暴。既然找到小Z撕碎的符，當中應該留有她的氣息——符原本就是用紅茶的舌尖血寫的，留點氣息不算事。

他原本說交給他就好了，結果白流了不少血，一點都不淡定的再次大舌頭，還是連個方向都沒找出來，依舊在寢室團團轉。

有種東西蒙蔽著我們。《祭鱷魚文》能把好奇心過剩的過路鬼神請走，但是對事主好像沒什麼影響……依舊耍著我們玩。

羅盤指針還是一顫一顫的抽搐。

這時候，就深深感覺到兩個瞎子跑來靈異氣氛如此濃厚的地方實屬不智。看不到啊看不到，連要跟誰爭鬥都不曉得啊不曉得。

不過這回可不是毫無準備只能靠體力和手機的那時候了。

先禮後兵，我和紅茶共同做了個規模很小但算正式的醮，結果香斷蘋果腐爛，對方不接受。

那個香，應該算是炸的，碰的一聲攔腰而斷。充作供品的蘋果用肉眼可見的速度快速腐敗，鑽出許多蠕蠕而動的蟲。

空氣驟然緊縮，不是熟悉的寒風，而是悶熱潮溼，帶著噁心甜味的腥風。好像有什麼，離我很近的，呼吸。

嗯，其實我有點嚇到。

紅茶驟出劍指疾向我的臉，我猜他也是感覺了，結果我聽到一聲尖銳的吼叫，像從腦海裡爆炸開，眼一花，紅茶不知道被什麼颳中，往後撞到窗框又反彈的倒在地上，肢體非常詭異的接近一個「卍」型。

「慢著！」我尖叫，扯下我一直戴在脖子上的香火袋，「我們只是要找人，為何苦苦相逼?!」

我並不認為紅茶一個劍指就傷到這個事主，應該只是將他激怒。我不認為他願意講理，所以在那種悶風又靠近我的時候，我扯碎了香火袋。

裡頭是一小撮的墳頭土。阿姊的，墳頭土。

她的脾氣一直都不太好，事實上也不能出門。唯一的例外就是撒下她的墳頭土，暫時的，她能出現一小會兒，通常都會有點亢奮過度。

這次他沒辦法在我腦海裡尖叫了，寢室裡的空氣很快的清涼下來，那種甜腥味也為之消散。

我比二打六的夜晚還累，虛空而寒冷。用幾點塵土讓阿姊現形，不要以為不用付出代價。

腿軟的跪了好一會兒，才覺得眼前狂冒的星星少了一點。

顫抖著去探紅茶的呼吸，幸好還很穩定，只是昏過去了。

然後還是回到原點，我發悶。羅盤的指針還在發羊癲瘋，紅茶安詳的暈在一旁。果然是一生平安的命，某種程度真是太過強悍。

關鍵時刻就暈過去……

等等。有點事情不太對勁。

為什麼事主會在這個寢室現身？或許他不是鬼魅而是某種妖物。但是，就如我所說過的，會瞬移的眾生很少，遇到就該去買大樂透等著中頭獎十次。

有的人信誓旦旦的遇到會瞬移的……坦白說，大部分是中了幻術之類。

我是命格和環境的緣故，很難中幻術，紅茶是身上有特別的壓命物。

把人抓走，我跟紅茶曾經推測過，比較像是種古老的人祭。當然，我們校區是比較古老的山區，這裡曾經有過許多傳說中的鬼物，統稱魔神仔。

他似乎一直都在這裡……或附近。

紅茶一直很有自信的用舌尖血卜算方位，卻只在這個寢室團團轉。現在他昏倒在地上，肢體如此不自然的伸展。

我豁然打開窗戶，隔著樓梯間是另一個寢室的邊角。

樓梯間。

不知道當初是怎麼規劃的，樓梯間夾在兩個寢室中，呈「凹」形，我從窗戶探出半個身子，可以看到隔著樓梯間的那寢窗戶，卻看不清樓梯間。

瞥了一眼紅茶頭的方向，打亮了手電筒。一團漆黑的樓梯間小屋頂，有截彎曲的胳臂，在手電筒下雪白的讓人心顫。

紅茶的舌尖血還是令人信賴的。

嗯，小Z沒事。最少警察將她扛下來時，她有點脫水、虛弱，昏迷，都是急救就能痊癒的。但是再晚個一兩天就難講了。

至於她為啥會躺在那個不到半張單人床的樓梯間屋頂，她自己完全不知情。

從四樓窗口爬過去……我想沒有工具是辦不到的。最大的可能是從樓頂往下爬……攀岩高手可能辦得到吧我猜。

總之，我和紅茶被校方和警方盤查了又盤查，徹底詮釋好心沒好報的真意。要不是小Z的失蹤處實在太詭譎又找不到其他痕跡，搞不好我和紅茶還有機會去看守所或更高檔的地方多日遊。

我氣著了，回家養病……喪失太多元氣容易百毒入侵，那事主絕對不是啥好東西，於是我重感冒了。紅茶只有那張皮是淡定臉，還跑去殷殷告誡小Z小心死劫，差點被她家人打一頓。

事情看起來告了一段落，紅茶沒多久也病倒了，帶著口罩咳著回去找他阿爸，我被阿兄拎著耳朵罵了一頓，又和表哥去學校平事了。

嗯，死劫又被附身，被抓交替都不算犯罪，讓久違的魔神仔當祭品也不算錯了。據表哥說，那事主已經很衰弱，其實也不是非人類不可。只是相較起來，人類靈氣是最厚的……在他的範圍內。

之前被拐走的，他最多就奪點靈氣，因為時運都不夠低。小Z算是難得他可以理直氣壯留下來的。

但現在也算解決了。最少阿兄和表哥留給他的幾塊玉起碼能消化個一、兩百年。

我以為，將來勢必要為小Z煩惱。再怎麼火大，也不能眼睜睜看她真的死在眼前吧？

但是沒想到再也不必為她煩惱了。

她回家過暑假，然後跟國小同學去某個鬼屋夜遊，心臟驟停過世了，再也不能回來上課。

可為什麼會想嫁給紅茶，這我就不清楚了。當然沒成，開玩笑。

只是我沒想到紅茶的好居然是要死過才知道。

之十一　錯愛

小Z的事還有點餘波。

暑假過後，紅茶常常在意外邊緣……所謂的意外邊緣就是只差一兩步就會有意外，程度從花盆到遮陽棚，最後上升到鷹架倒塌。

鷹架倒塌時我正在他旁邊，等他繫好突然鬆開來的鞋帶。

開學快兩個月了，我們才後知後覺的發現情形不對勁。

嗯，如果是小說或漫畫，我們應該出發去追尋這種怪事的根源，然後歷經九九八十一難發現背後有深不可測的原因和更深不可測的大魔王……運氣好可以混到百萬字。

可惜我們生在現實中，而且沒有那種殺死貓的好奇心。

所以我們直接交給專業，阿兄和表哥很輕易的就揪出背後的原因，並且非常安全。

過程中我唯一的怨念是，我已經不指望大學生寫一手漂亮的楷書了，但我希望他們最少不要十個字錯八個，然後跟我爭辯手機或鍵盤的溝通方式比較先進，用筆太古老，跟不上時代。

小Z的字真他馬的醜。

是的，一直跟在紅茶背後的就是小Z。因為她廢話太多，所以我整理了一下。

簡言之，小Z不幸在家鄉附近的鬼屋被嚇死，心裡覺得非常委屈和憤怒。其實她最該找的是把她嚇死的那群鬼神……但是她一個新死者對付這些陳年鬼神，嗯，她缺乏勇氣。

然後憤怒和委屈還是必須宣洩，於是做出了一個讓我覺得她的邏輯大約是體育老師教的決定——她決定讓紅茶付出代價。

為什麼呢？因為紅茶明明可以跟她講明白的，甚至應該保護她。結果講得不明不白的讓她誤會，所以才會枉死送命。

講到這裡的時候我表哥嘲笑了一句，「說得這樣理直氣壯……其實只是紅茶看起來是最好捏的軟柿子。」

這時候我不得不說表哥中肯。

於是這位邏輯故障的小姐，很有毅力的花了整個暑假從家鄉走到學校，然後盯著紅茶使絆子、托夢嚇人和附身，對於絕緣體的紅茶來說，一切靈異手段都是沒用的。

小Z只能無助的跟著紅茶，跟著跟著突然萌生愛意，喜歡上那張淡定臉。說幹就幹，她立刻竭盡所能的設法害死他，好讓他也過來那邊，從此長相廝守之類。

紅茶當場就非常明白而冷靜的拒絕。

原本小Z還要糾纏，結果紅茶報給她一串長長的名單，都是曾經希望和他冥婚的對象。大概是這些小姐都非常不好惹，小Z終於放棄，哭著前往枉死城了。

據我表哥說，其實大半被害死或殺死的鬼魂，最害怕的是殺死他的凶器或凶手。常常見到這些冤魂鬧，敢去鬧凶手的簡直是鳳毛鱗角，可說是冤魂中的勇者——克服了天生的恐懼。

這造成了許多刑案的難度。因為將冤魂找來問案不困難，能辦得到的不算少。但是冤魂往往吞吞吐吐，頂多給點隱諱的線索，寧可在家或對無辜的人發洩怒氣，卻連凶手的名字都不敢聽。

很奇怪的現象。有時候我都會對因果報應產生一點懷疑。

表哥說，這沒什麼。人死了以後保持完整智商和情商的很少，像是居然會喜歡死人臉的紅茶。

我覺得，這只是表哥單純忌妒紅茶比他帥的詆毀。

紅茶的桃花的確都開在有點詭異的地方。我阿姊喜歡許某人，但更喜歡紅茶，可見紅茶有種活人沒辦法了解的魅力。

但是這種錯愛顯然是空付了。

他是我唯一能到家裡玩的朋友，對於阿姊發出的聲音和氣息完全不受影響。除了我家比較冷的感想外，他沒任何感言。湊巧他不怕冷，所以一直出入的很自在。

也是唯二能在我家睡覺的非血親。另一個是阿叔。除了他們兩個以外，在我家睡覺的外人無一例外都會惡夢不斷的鬼壓床。

其實也不用到睡覺，阿兄在樓下開小茶館，跑了好幾個員工。稍微有點靈感的都被嚇跑了。直到陳姊來上班才安定下來。

陳姊有點閱讀障礙，據表哥說靈性有些受損，哈利波特說的麻瓜，在他說就是個頑石。但是陳姊還是挺聰明伶俐的，成了小茶館的中堅幹部。

至於許某人，他寧可在門口打電話給我，把我叫出去，死都不肯踏入我家一步。

之十二 壁虎

我的房間，有一隻雪白的壁虎。

其實她出現時我還是會嚇一跳，雖然已經一兩年了。不知道是她行動的緣故，還是有點像蛇的長相，終究還是被嚇到。

但我們還是相處得算愉快，有她駐紮在房間裡，最少夏天的蚊子幾乎等於不存在。

她似乎比外面的壁虎要雪白多了，個子纖小。尾巴有一小截歪斜，所以很難認錯。在可能的範圍內我都小心的不傷害到她，打掃都要先喊兩聲讓她先離開。

這隻壁虎是阿兄在我剛上大學時，從學校帶回來的。他很輕柔的將肩膀上的壁虎放在書桌上，我被嚇得彈跳得很遠。

阿兄笑了，很溫柔的說，「別怕。」

我以為阿兄會說這隻壁虎的由來，結果卻變成一場心靈雞湯。阿兄說，其實他很同情自殺者，畢竟誰挨刀誰疼，一定是有當時過不去的檻才會選擇絕路。

但是，所有過不去的檻，都只是一個激越而盲目的當下，若是那個當下被阻止了，說不定幾年後回頭看，會覺得所謂的「過不去」，既幼稚又可憐，然後覺得慶幸。

可這不代表能夠站在一個優越的道德制高點去譴責自殺者。因為大部分的人都曾經有過那個衝動的瞬間，只是幸運的被理性或機運阻止了。

他希望我凡事多想想，想想他，想想阿弟（表哥），失去阿妹是他們倆絕對不能承受的痛。

我聽得雲裡霧裡，不過還是慎重的答應絕對不會選擇絕路。然後阿兄留下那隻壁虎。

雖然是有所猜測，但阿兄不肯明說，我也裝不知道。跟這隻小壁虎相安無事。

後來我跟紅茶成了麻吉，因為小Z事件我們又成了各個小圈圈隱隱排斥的人，也不是說被怎麼了，只是覺得晦氣會倒楣吧，總是離得遠遠的。

這其實也沒啥，只是分組報告時有點麻煩。最後我們湊了其他的游離分子，只是游離在團體之外的別想他們會有多少心力放在報告上。常常就是我和紅茶勞心費力，往往要通宵趕報告。

這就是為什麼紅茶會到我家過夜，和阿兄與表哥很熟的緣故。

嗯，同時紅茶和小壁虎也很熟。

其實我不明白，明明我對壁虎小姐也不錯，為什麼她會特別喜歡紅茶。只要紅茶來我家，她就一改長年隱蔽的習慣，竄出來凝視著紅茶，紅茶對她伸手的時候，她還會羞答答的爬到書桌，讓紅茶用食指輕輕撫摸她的頭。

太奇怪了。你說紅茶對動物有一手？才沒有。學校的狗看到他就吹狗螺，貓會豎直毛恐嚇完轉身就逃。麻雀都不肯降落在他走過的地方了，為什麼小壁虎會這麼喜歡他。

紅茶自己都說，難得有動物會喜歡他。上回學長的變色龍看到他立刻鑽進當窩的石頭縫，死活不肯出來。

我想也不是爬蟲類就能喜歡他。

經過紅茶的「開導」，壁虎小姐終於不再那麼內向，跟紅茶出去的時候，往往會在包包裡翻到她，然後把我嚇得跳起來。

為了避免她被包包裡的錢包和書壓死，我特別在包包外面懸掛了一個小手機袋，讓她能安全的跟我們出門。

偶爾比較安靜的環境，比方電影院，她會從手機袋裡竄出來，爬在我或紅茶的肩膀上。

也就是在某次看電影時，我們終於了解了壁虎小姐的過往。事實上，我應該叫她學姊。

許某人有個惡劣的習慣。他經年累月的冒險生涯，一直很遺憾不能讓我直接分享，所以他閒下來就會邀我去看恐怖電影。

當然，會被許某人光榮點選的恐怖電影，往往就是內行人拍的，非常貼近他的生活，也很有可能把人嚇出心臟病。

雖然不太願意承認，但我還真喜歡看恐怖片。只是我一個人不敢看，阿兄只會在電影院睡著，表哥卻會尖叫得讓我更害怕……結果只能跟許某人去看，順便讓他收驚。

等我上了大學，被嚇的行列多了一個紅茶。許某人本來很不滿，結果看到紅茶那張平靜的臉孔，用淡定的聲調說「嚇死我了。」從此他就非常開心的多買紅茶的那張票。

這天剛好壁虎小姐心情到位，也剛好許某人又從他緊張刺激的生涯得到假期，於是非常愉快的約了我和紅茶去看某部和凶宅有關的恐怖片。

我才不會告訴你我嚇哭了，更不會告訴你紅茶打翻了他的紅茶。

至於壁虎小姐，緊緊的貼在我脖子上發抖。

結果一群嚇得發懞的人，出去喝咖啡順便讓許某人收驚。

就是在收驚的時候，許某人發現了壁虎小姐……或者說他那五根指頭的鬼鳥發現了，好一陣雞飛狗跳和怒吼，差點讓咖啡廳的店員將我們轟出去。

最後鬼鳥和壁虎都平靜了，可許某人非常亢奮。但我直接告訴他這是阿兄送給我的，他才枯萎下來，一臉可惜，「阿兄就是人太好。」

許某人常吹他的小倩能與魑魅魍魎交談，是不是真的，我不知道。但能跟壁虎交談，這倒是親眼目睹。

許某人跟他的小倩交頭接耳，一點點的語譯了和壁虎小姐的交談。

題。

壁虎小姐是第一個從我們學校那棟大樓跳下來的學姊。理由也很通俗，就是感情問題。

其實跳下來的瞬間就後悔了，可惜沒有後悔藥可買。本以為可以一了百了，誰知道前路既艱且長。但她也算是鬼神界的佼佼者了，很快的脫離了死亡循環——不斷重複跳樓那段渾沌。

清醒的很早，也知道自己算是承擔了一條人命的罪。自殺也算殺人，就算殺的是自己。

總之死後的生活不太舒適，但也知道服段徒刑就有機會離開了。

但是，另一個學妹從同樣一個地點，也跳了。

這下，她急了。

這段她說得讓我們非常糊塗，討論很久才猜測，大概就像是傳銷組織。第一個跳的像是打開了某個通路，接下來跳的罪有部分要由上線承接，所以她原本的徒刑就變得更長，其他跳的反而罪孽比較輕，很快就可以走人了。

遇到這種情形，有的上線會受不住發瘋，誘使更多人來跳，最後不是天誅就是地滅……不過之前能夠過把老大的癮。但是這位壁虎學姊卻不願意這樣，一開始是設法阻止，結果發現求死心切的學妹學弟根本沒把她當回事。後來她開始顯形嚇唬那些有求死之意的人，結果誤中副車把路人嚇出點毛病。

總之她竭盡全力阻止再次發生跳樓事件，但再怎麼盡力，一年還是得跳那麼一兩個。最後她將自己的靈力耗盡，才讓學校將頂樓的門鎖起來，她自己卻快消失了。

其實她都快忘記為什麼要這樣努力，只是下意識的阻止。她最後一次是撲向一個哭著打開廁所氣窗的女孩，化成那個女孩最害怕的東西，那個女生尖叫著逃出廁所，她也失去意識了。

再醒來，就看到一個青年溫柔的捧著她，而自己變成一隻壁虎。

接下來就沒辦法再問了，那只鬼鳥翻白眼了。可見問話也是個力氣活。

但是當下我們默默無語，紅茶溫柔的用食指摸了摸小壁虎的腦袋。

終於解開了紅茶這麼討壁虎小姐喜歡的千古之謎。

那天晚上，我做夢了。

夢見皮膚雪白的學姊跟我聊天，要我謝謝阿兄和紅茶……難得有人待她如此溫柔。

我說不必謝，他們就是一對好人。她說那就謝謝妳吧。我說也不用，我廣義來說也是個好人。

她笑了。其實我看不清她的五官，但我知道她笑得很害羞。

後來聊了些什麼，已經記不清了。印象裡我問過她當壁虎的感想。

她說，其實能夠有個軀體躲避罡風日日刮骨，已經太好。壁虎的壽命不長，她算是用短短的一世躲過了自殺的罪孽，非常感激阿兄的成全。

再說，當壁虎滿不錯的，穿皮衣吃得又好。

這時候我才注意到她抱著一個全家餐桶，滿滿的都是炸雞翅。

「可惜不能讓妳嘗嘗看，其實挺好吃。」她遺憾的說。

我醒過來了。向來沉默的壁虎小姐，啾啾啾叫了幾聲。

其實這還算是個挺溫馨的夢。只要別去深想「炸雞翅」最可能是什麼。

我也勸你最好不要多想。

之十三　竊

每年清明，都是我們家氣氛最低沉的時候。

每到這日，阿兄總是悲傷得難以自抑。別人能夠掃墓表達哀戚，但我們早已無墓可掃。

歷代公媽的墳已經不知去向，阿公阿媽從來沒有交代。而過世的阿公阿媽，火化後居然沒有灰，在火葬場引起很大的騷動。

所以靈骨塔放的骨灰盒，裡頭什麼也沒有。

表哥在這天也總是難得的肅穆，總是提著酒來跟阿兄對飲。不管他們做過什麼導致屍骨無存，身後恐怕也不怎麼好，畢竟代替過父母職疼愛過阿兄和表哥。

唯一能夠掃的墓，只有阿姊。

但是有一年清明節，我家遭了小偷。

說到遭小偷，我們這個老社區倒不是很罕見，我記事以來就遭過兩次。結果很悲劇，我們都得去派出所說明，更悲劇的是小偷，兩批人馬起碼有四個人進了精神病院，只有一個人出院，其他大概得待一輩子了。

但我們不知道怎麼說明，只能說不知道。總不能說阿姊脾氣不好，對入侵者毫不留情吧？阿兄其實努力過，但是就算把嚇掉的魂招回來，大多數的人還是燒斷了腦袋裡的那根保險絲，能不能再接起來看運氣。

我知道他們罪不至此，但也不是我們能控制的。畢竟我們邀請進門的客人都不會有什麼事，只有懷利器的盜賊才會引起阿姊的驚恐和驚恐後的精神暴力。

不曉得小偷界是不是有什麼資訊網路，反正那兩次遭竊之後，再也沒有小偷敢上門，連阿兄們去當兵，我獨自在家那段時間，一直都很平靜。

事情發生在我上高中時的某年清明節。

阿兄已經在一樓開起小茶館，表哥精力充沛的滿島亂跑。但在清明這天，店門關了，表哥也放下他的冒險回到家中，阿兄開車帶我們去探望一下阿公阿媽——明知道骨灰盒是空的，還是得去拈香，並且在附近山上鏟一些黑土回來。

怎麼也沒想到，鐵捲門居然開了一半，樓上樓下亂七八糟，但所有的財物都在一個背包裡，居然沒丟什麼……

才怪。

阿姊丟了。

她房間的床被搬到一旁，原本蓋著的青石磚也被撬起來，底下的泥土被挖開，她的骨灰罈，不翼而飛。

有那麼一瞬間，全體啞口無言。

阿兄清醒的最快，焦急的啊了一聲，拿起他貼身的香火袋，撒了阿姊的墳頭土……一點反應也沒有。表哥立馬衝去拿了公媽桌上的小酒杯，倒水表演了一次最極限的表面張力，並且拔了一根阿兄的頭髮，小心翼翼的放上去。

再詳細就不說了，總之這是一個招魂的儀式，而且是特定血親。理論上不會失敗，尤其阿姊是這樣的存在。

但卻毫無動靜。

於是我們家炸鍋了。

阿兄和表哥這些年再怎麼低調，還是小有名氣，看看許某人會成為狂熱小粉絲就知道。阿姊也算是有點名聲了。當然，希望人人喜歡我是不切實際的想法，他們倆難免會跟人有些磕磕絆絆，或許我們不覺得是大事，但有的人就是眼裡揉不進沙子。

當然我們最直接的反應是，阿姊被綁架甚至是被抓走了。要知道像這樣神魂完整甚至能長大有威能的童鬼，在某些人眼底是非常強悍的。

但是能在接近絕對領域的家裡綁走，恐怕也是很有些手段。

這是我頭回看到阿兄如此暴怒——他把阿姊的床踹成兩半。接下來整個相關圈子很不平安，許某人跑來跟我說阿兄和表哥弄得風雲變色，只要有嫌疑的都被踢館了。

總之，那幾個月，有養鬼的都很倒楣。不過被養的小鬼倒是大規模的超生了。

我叫許某人閉嘴。

別人不能明白，我卻難過得要死要活。或者你會說，阿姊早死了。沒錯，但她還是我們的手足。她今天若是好好的超度了，我會哭，難過完還是能寬慰自己。

但她被綁走了啊。誰知道被拿去幹什麼。要知道她的情形已經不容易了，兩個阿兄一直努力行善收拾殘局就是為了累積功果給她和阿公阿媽，只祈禱她能夠純潔的往生。

再沾上些壞事不知道我們有生之年能不能將她好好送走，我們若不在了她一個人該如何是好。

嗯，結果並沒有如大家想像的那麼精彩，冒出什麼派什麼會出來混戰。在兩個阿兄惹得天怒人怨之前，阿叔打了個電話給我，說找不到阿兄和表哥，但他一個朋友的兒子出了點狀況。

雖然還為了阿姊的事心煩，但是阿叔的要求我是不會拒絕的。一般的收驚喊魂我還是可以的，不過是次「會診」，先看看狀況也不至於讓阿兄或表哥抓瞎。

其實我也是有點納罕。

阿叔殺氣很重，重到我懷疑他曾經從事屠宰業。阿兄有個「法器」，就是阿叔送他的瑞士小刀。據說抽出小刀能夠嚇得厲鬼鬼哭神號的逃跑。

我不知道在他面前還能有什麼狀況。

結果我前往之後，看到了那個年輕人，脖子上繫著一個很大的蝴蝶結，一抽一抽的流口水。

問題是，這個蝴蝶結他馬的眼熟。

最後我打電話給阿兄和表哥，說，找到阿姊了。

果然在絕對領域的家裡，阿姊是無敵的。她會被帶走這件事根本不可能存在……除非她想出去透透氣兒。

事情是這樣的。這個倒楣的小偷摸到我家，不幸他有個不錯的皮，據說是我阿姊最喜歡的那一款。

呃，阿姊和阿兄同年紀，她覺得自己該結婚了，但是總該先交幾次男朋友。不然一下子結婚豈不是太虧。

於是這個倒楣到家的小偷，在阿姊的誘哄下，挖出了骨灰罈，開始了很魔幻口味的戀愛歷程。

最後小偷先生決定要跟阿姊結婚，但阿姊不願意，結果一來二去岔了經脈（？），變成很尷尬又不情願的鬼上身。

更不幸的是，阿叔跟小偷先生的爸爸是朋友，阿叔一到，阿姊就比死還沉默。本來就被困住了，這下連出聲都不敢，直到我巧合的出現。

阿兄和表哥研究了半天，才把阿姊「扯」出來。誰知道人間有痴情，那個小偷先生居然哭著要娶阿姊。

我阿姊很豪氣並且傲嬌的拒絕了。理由是，心好累，感覺再也不會愛。

我嚴重懷疑阿姊偷看對岸的天涯論壇。

回去以後，再次將阿姊的骨灰罈放回去。泥土之下的確有些東西，證實了表哥的猜想。有一張字條，大意是對自己非常自信，與天鬥也能有勝算，絕對不會斷子絕孫之類。

看字跡，很可能是阿公吧。

那張字條被我暗槓了，最後夾在紙錢裡燒掉。我不想讓阿兄看到，實在太殘忍了。

總之，很平安的將阿姊再次安葬。所謂的墳頭土，就是每年都會打開青石磚，掃些浮土起來，再安填一些新鮮的進去。

後來聽說，阿兄透過某些管道，試圖為阿姊相親，只是她眼光太高。當然，都是逝者。

倒是有個活人一直上門求婚……就是那個小偷先生。喔，其實不能這樣喊了，他不幹小偷很多年。

每次他看到我都要我叫他姊夫，還試圖拿巧克力賄賂，讓我非常無言。

後來我大二了，紅茶跟我回家時還碰到他，當我告訴紅茶這段過往時，換他非常無言。

嗯，我姊也很喜歡紅茶，只是紅茶的預備名單實在太長。但讓紅茶糾結的是，想當我姊夫的小偷先生，長得像被卡車撞到臉的許效舜。

這讓人稱小金（城武）的紅茶有段時間愴然若失。

之十四 道

有回同學閒聊到吵起來，原因居然是「陰陽眼之邏輯性與道德責任」，我聽得直笑。

這個，個人感想，姑且聽之。

我個人是靈異智障，可在我們家我是少數。其實所謂的陰陽眼，古今中外都有，不是什麼特別希罕，程度大不相同就是了。

打個比方就能明白，近視一百五十度和一千五百度看出去能一樣嗎？所以陰陽眼不是標準視力，不會每個陰陽眼看到的都相同，有的跟超能力一樣，也會時靈時不靈。

像阿兄，他可以說是陰陽眼裡的2.0，纖毫畢露。但就像我們能明白的分辨東方人和西方人的分別，他也不會分不出活人和鬼神的區別。但說多有妨礙……那也沒有。

其實人的腦子是很頑強的，能把不相干的聲音過濾成白噪音，普通人都不會刻意去記路人的臉孔，阿兄自然就能把那些無關緊要的鬼神排除掉，當然也是他本身就擁有處理干擾的能耐，所以不至於陷於恐懼。

突然跳出來當然不免會嚇到。不過就算個活人突然跳出來喊「嘩！」，我想誰也都會被嚇一跳吧。

至於表哥，他的陰陽眼原本是沉睡的，只是受到刺激開眼，之後刻意維持……原因就是對玄異無比的熱情。但他的「視力」就差很多，鬼神在他眼中是不同顏色的光暈。

我猜他會那麼傻大膽可能就是沒能完全顯形的關係。

但這種天賦也是很稀少可貴的，起碼許某人就羨慕得要死。聽說道家開天眼有一套繁複的手續，這個我只知道個模糊的概念。據說看不到的內行人占絕大部分，需要透過主神或某些繁複手段才能探查。

可擁有這樣難能可貴的「視覺」，但阿兄和表哥都是「聾子」，能見不能聽。所以要費力的扶乩溝通，逼不得已得無奈的被附身。

至於所謂的陰陽眼的道德責任，比方說必須將所有鬼神一網打盡避免危害人間……嗯，沒聽過這個準則。

阿兄是這麼說的，既然不會因為「泯滅謀殺案的產生所以要滅絕人類」，那就沒有

「鬼神可能危害蒼生所以必須種族毀滅」的道理。

畢竟人類殺害人類的比率，遠大於鬼神殺害人類的可能。

嗯，現實不是恐怖小說。我曾經計算過以現實為藍本的恐怖小說殺人數，幾乎一本就能毀滅一個大安區。系列作幾本就能讓一整個台北市的人口消失。這還只是一個系列作，不用多，一個月出版的恐怖小說就能讓台灣成為真正的鬼島。

基本上來說，阿兄和表哥幾乎不怎麼插手尋常的撞邪，教我自保，但自保得不太好時，頂多就收驚，然後送醫院。

阿兄們寧願在醫院擔憂的看護我，卻不會試圖幫我轉運什麼的，雖然他們的確辦得到。

這點穩重溫柔的阿兄和瘋瘋癲癲的表哥態度意外的一致。人生有時運高就有時運低，所謂的轉運，要不就是透支未來，不然就是豪奪他人，下場都是相同的慘。

寶劍鋒從磨礪出，梅花香自苦寒來。任何偏門的一帆風順勢必要付出慘痛的代價。

其實台灣遭逢靈異事件的困擾已經算是有很多門道可以求援了，看看西方遭逢靈異事件首先要命夠硬，熬得到教會批准驅魔師已經不知道是猴年馬月了。

所以呢，除了收拾阿公阿媽留下來的爛尾，阿兄真的很少出手，很講究緣分。表哥比較多，他自認是台灣的衛斯理，我都叫他先去念醫學院再談能不能頂這個名號。

我印象裡阿兄主動出手的只有一次，花了許多時間精力，事實上原本是陌生人。

那天我和阿兄去一家香燭店批土紙，不要懷疑，我們家的紙錢都是自己手工製造，不是印刷品。扛了一麻袋出來，結果發生非常神奇的車禍。

一位消瘦憔悴的小姐牽機車，不知怎地沒扶好機車倒地，然後呈S型旋轉的撞上我們的機車，阿兄推了我一下，結果他被倒下的兩台機車（對，我沒打錯）壓到腿倒在地上。

那位小姐的機車離我們起碼有七、八公尺，並且在下檻。到現在我還想不通怎麼樣能這麼離奇「飛上」兩個磚的高度和這麼遠的距離。

兩台機車都沒發動。

丁小姐（化名）慌張的哭了起來，差點就立刻撥了救護車。阿兄阻止了她，路上行人很好心的過來幫忙，阿兄說只是瘀青和一點扭傷。我本來憤怒的想罵人，但看著丁小姐的臉，我卻罵不出來。

我是靈異智障沒錯，但我起碼會看氣色吧。一般印堂發黑到這程度早不活了，她居然還能抽抽噎噎的在太陽底下哭。

而且她一直道歉，不斷道歉。在阿兄拒絕收錢之後，她揉著裙角，求阿兄最少去她家上個藥。

結果阿兄說好。我很想說不好，但說不出來。只能決心不讓阿兄插手太多，瞧她氣色絕對是大麻煩。

丁小姐家在四樓，能搭電梯上去。但是站在他們家門口，真是無比涼爽……像是站在冷氣孔下面。

明明端午就在眼前。

進門之後，沉穩的阿兄細微的倒抽一口氣。連靈異智障的我都覺得非常不祥。

妥妥的凶宅無誤。

丁家人都很老實、誠懇，一家子好人。

要不是這麼稀有的傻……好人，也不會被騙買下剛出爐的凶宅——情殺後自殺，只因相信朋友的推薦。更不會耗盡積蓄還背了一堆房貸，連搬家都辦不到。

你看，明明是陌生人，結果阿兄問八字居然都給了，多沒有防備心。

大概是想，已經這麼窮、這麼倒楣了，也沒什麼能損失的吧……

真的，住在未處理的凶宅並不是最慘，更慘的是，雖然我們風水不太通，羅盤看起來也非常不吉祥。其實像這種大樓都經過設計，為了保有大多數的安全，通常會有個「洩洪口」，就算沒死過人也是早晚的事。

但這是最慘嗎？不對。慘中之慘就是，這一家三代的八字，粗推的時運都是相輔相成的低。

我們進來的時候，只有丁小姐、丁媽在家，丁媽還挺了個大肚子，非常擔心她下一秒就生了。結果因為丁小姐撞到人，丁爸、丁阿公都趕回來了，愧疚萬分的幫阿兄上藥，還想賠醫藥費。

我看著他們陳舊的家具和洗得發白的衣服發呆，憔悴和疲憊是他們的面容。茶几上散著珠子，丁媽不好意思的說，閒著也是閒著，串點珠包髮飾什麼的，網拍能換點錢補貼家用。

真想跟他們講，好人不長命禍害遺千年。你們試著當當禍害吧，好人沒好報的。

但更多的是難過，一種感同身受的難過。

我很明白貧窮的滋味。

小學前的事情我記得不多，有件事情卻讓我記憶猶新。在連吃七天蛋炒飯，已經沒有蔥可以用，必須切薑來爆料時，我才上國中的阿兄痛哭失聲。

我記得那種難過，刻骨銘心的驚慌和痛苦。害怕得握緊拳頭，連腳趾頭都蜷起來。長大回想起來真是越來越不是滋味，越來越難以原諒父母。我十三歲時照顧自己就有點吃力，真沒辦法想像當時同歲的阿兄是怎麼撫養三歲的妹妹。

在那之前，他被溺愛得如寶似玉。父母除了丟錢給他還做過什麼。

不，其實連匯錢都常常忘記。

小孩子只是說不出來，其實心裡明白。被逼得山窮水盡的那個少年阿兄，失聲痛哭並不是他沒有男子氣概。

他再沒有哭過，甚至學會不要在月初就將錢用完，學會跟父母耍心眼，誘使他們認為開支票比匯錢省事，最少不會讓阿兄帶著我去給他們添堵。

我們批土紙來作刈金，畫符供內行人使用，這就是我們微薄的打工。記得小學第一次月考我考到第四名，一路哭著回家。因為這樣就註定拿不到獎學金了，阿兄又要憂愁一點。

看著丁家人我心痛。像是看到以前消瘦強作歡笑的阿兄，和總是懷著害怕的，年幼的我。

那天我們搭計程車回去，阿兄很沉默，扶著他上二樓之後，他摸了摸我的頭。

「……阿妹，妳記得外婆嗎？」他嘆了口氣，「跟舅舅移民去澳洲的外婆。其實……其實外婆跟我說過要帶妳一起去。」

我睜大眼睛。

「是我不肯。」阿兄的聲音消沉下來，「對不起。但連阿妹都沒有……我覺得我撐不下去。」

阿兄終於成功把我惹哭了。

嗯，咳，似乎太煽情了，打住打住。

總之阿兄插手丁家的事了，還把表哥叫回來一起想辦法。其實最好的辦法是，請一個高明的風水先生來看，因為連雜學頗廣的表哥風水都只有皮毛。

而風水這種東西，失之毫釐差之千里。

但是高明的風水先生代表收費也是帝王等級。就算內行人願意打折，我們也才剛剛脫離貧戶邊緣。丁家人比我們還慘，恐怕全家每人都得賣一個腎才有可能付得起。

再說，丁家所在的房子，正是一個風水最壞的「洩洪口」。這代表附近游離的鬼神都會往這兒衝，卻壅堵在這裡。若是丁家平均時運高，說不定還能一拚，有機會逸散掉。現在就是雪上加霜時。

不過，阿兄和表哥，正好是一正一奇。風水沒皮條，就直接從擅長的著手吧。他們倒是腦力激盪出一個風水能力不足，靠符與常識填補的範例。

我的感想是，桃木不便宜，親手打銅符好累。

安完銅符與桃符，建醮、上告天地，祭四方鬼神。然後前陽台不閉，後陽台不關，用這個流通的風局，強力沖刷鬼神停留的時間。

這在風水上是不好的，但算是一記以毒攻毒。說能立刻變得大吉大利那是妄想，但是最少成為了一般的風水，平局。

雖然時運還是低，但熬過兩年就開始步步高了。其實吧，好人雖然不一定有好報，但是父慈子孝真的是齊家穩固之本。要不然在這麼險惡的凶宅和時運惡劣之下，這一家居然只是倒楣，卻都還活得好好的，這就是個奇蹟。

最後我們沒收丁小姐全家努力湊起來的四千塊，看著丁媽快生了，誰能拿得下手。結果表哥倒拍了一萬拉著我們走人了。

這若是買賣，我們真是大虧特虧。不過我們從來不曾當做買賣看。

事實上，我們還賺了，賺了一個舒心快意。

不過也是沒經驗，這事還沒完。丁小姐的弟弟出生了，我們沒算到嬰兒魂還不穩，鬼神又喜歡小寶寶，經過就摸一下真是吃不消。

雖然有留下平安符，但是不抵數量，丁小姐小心翼翼的打電話給我（還不好意思打給阿兄），問平安符符袋發黑，要不要緊。

結果一問，她剛出生不久的弟弟，已經哭了半個月的暗烏（這是台語，意思是天黑）。

真不知道他們之前是怎麼活下來的。我親手寫的平安符，才多久字全模糊了。

最後阿兄想了一天，重換了一個符……

然後？就沒有然後了。那個符維持到小朋友五歲還燦然如新，誰也沒敢摸他一下。

這就是我最不明白的地方，表哥更不明白，苦思惡想得差點魔障。除了紅茶一副理所當然，許某人回家問遍了師門也沒想出個所以然來。

你猜阿兄寫了什麼？

他用篆書寫了幾個字：

「天地有正氣，雜然賦流形。」

不騙你，我臨摹了三年，表哥比我花的力氣更多。但符能學，這段卻仿得再真都沒一點用處。

我一直以為，〈正氣歌〉屬於buff中的壯膽加成，為什麼阿兄能把這個弄成無敵盾一樣的超級防禦技能……直到現在，還是一個謎。

之十五 旅行

其實我不太喜歡旅行……應該說不喜歡團體旅行。

阿兄和表哥跟我一起出門，像是湊齊了某種元素，一定是要辦事的，如果只是單純過夜……結果也一定被迫得辦點事。

所以家族旅行基本上很難實行。

事實上，我的幾次畢業旅行經驗也非常差勁。

小學畢業旅行，其實也沒什麼，只是當時同學很迷錢仙，走到哪玩到哪，自然畢業旅行時也湊在一起玩。

不巧的是，我們住的旅館很可能就是遷葬後的墓仔埔，更不幸的是，用了一只疑似冥器的古老銅錢。

於是天時地利人和，非常華麗的出現了靈異事件。

其實也不是什麼大咖的，你想連小學生都能解決的鬼神能大咖到哪去？但我還是腦震盪了……我解決了靈異事件，卻沒能解決驚慌奔踏的同學，於是我的後腦勺和床頭櫃親密接觸。

這大約是個特例，當時年幼的我這麼想。

國中畢業旅行的時候，同學沒有玩錢仙了，他們換玩鏡子遊戲。

不知道是誰胡說八道，說將兩個大鏡子相對，拿著蠟燭站在中間，就能在鏡子裡看到未來伴侶。我是聽到尖叫和慘哭才過去隔壁看，到現在我也還不知道他們到底看到什麼，那時我的手機有個強力手電筒的功能，照下去一片白茫茫，保證鏡子裡有什麼怪物都化為無形。

破解是破解了，但是我被爭先恐後跑出去的同學撞倒，小腿骨都被踩出裂痕。

高中畢業旅行我裝病沒去。雖說繳費卻沒去非常浪費，但總是比醫藥費便宜多了。

再說，我也架不住青少年的創意和膽量了，誰知道從錢仙到鏡妖，會不會進化成召喚路西法，這個我真的無能為力了。

嗯，不要怕，我高中同學都好好的回來了。據說他們沒有召喚路西法，而是玩血腥瑪麗。

很高興最後沒有成功。

說不定，是我沒去的緣故。

這可能就是所謂的「妨」。驛馬星一動，就妨人妨己。對別人不好，對我自己更不好。

所以阿兄送我的二十歲禮物，居然是家族旅行一星期，我臉都綠了。

雖然不至於害怕，但也是步步煩心，根本達不到旅行放鬆身心的意義。可是看阿兄和表哥都那麼興奮，我也不好意思說什麼。

我們去的是一個農家，聽說是阿兄的朋友。

來接我們的居然是個約二十來歲的女生，真讓我大吃一驚。據表哥說，是非常漂亮的。我只覺得她很瘦。那種瘦，有些像斯芬克斯貓，充滿一種極具的爆發力。

她說她叫做朝風。

而他們家，真的就是種田的，自己還擁有耕耘機等等，擁有的土地非常廣大。朝風不但會開耕耘機，還會開小怪手，她來接我們的車是輛發財車，據說她自己還擁有大貨車的執照。

我沒見到朝風的父母，卻見到朝風的「兄弟」。不過，從姓氏到長相都不相同，應該不是同胞兄弟吧……大半都是大塊頭，有的長得像通緝犯，但都還滿和藹可親的，和阿兄與表哥似乎都很熟。

只有一個滿頭金毛並且怒髮衝冠的傢伙，老是用種睥睨的眼神看人，皮膚蒼白的可怕。總是會盯著人不放，讓人很不安。

雖然說住在五角形的五層別墅有點奇怪，還有金毛這樣不友善的傢伙。但是這趟旅行卻很平安。剛好是農閒時，朝風和幾個哥帶我們上山下河。挖綠竹筍啦，採土芭樂啦，去河邊玩水撿石頭，很悠閒很愉快的鄉間生活。

我就知道阿兄會打算好一切。

比較奇怪的是，朝風家沒有養狗。雖說最近的鄰居也距離幾百公尺，但他們家都沒養雞又沒養狗養貓。我看他們還挺喜歡動物的，常常逗鄰居的貓狗玩，自己為什麼不養幾隻？地方夠，也不是沒有能力養。

或許是不喜歡有味道？

這我並沒有想太多。除了金毛三不五時老青我，我都有些樂不思蜀。

應該是第五天吧。鄰居送了一隻活雞給朝風，本來朝風想當午餐，但她三哥想留下來養，每天都有新鮮雞蛋吃。

「可以啦。」她三哥轉頭跟金毛講，「是吧，阿弟？」

「別傻了。」朝風說，「活不過夜的。」

金毛將頭一扭，沒有說話。

直到半夜，我才知道為什麼那隻雞活不過夜。

他們的洗手間在院子，半夜迷迷糊糊的下了樓，經過一個小倉庫時，半開的門裡，有奇怪的聲音……像是在咀嚼。

雲破月出，那天的月非常明亮。

可怕的，不是一隻死雞，而是被生啃了一半的死雞。金毛蹲在那兒，半張臉都是血，臉頰一鼓一鼓的咀嚼著，不知道是不是錯覺，那隻雞似乎還抽搐了一下。

我尖叫了。必須的。這種情形不尖叫才怪異吧喂！

尤其是他站起來還伸手向我抓來……

「真是的。」朝風抓住他的胳臂，「就說不要養啊。」

我把頭埋在阿兄的懷裡發抖，阿兄一言不發的拍拍我。

表哥說話了，「金毛，看起來我們得好好談談。」阿兄將我推到朝風身邊，直接舉起拳頭揍在金毛臉上。

「別在這裡談啦。」表哥笑得很扭曲，「不好意思啊，讓我們兄弟跟金毛談一下……」

兩個阿兄把金毛拖走了，然後一直傳來陣陣慘叫。

……欸？這樣好嗎？揍人家家裡的人？

「沒事。金毛很結實，經得起『談』。」朝風語氣很輕鬆，「別怕別怕，他是老毛病，那什麼……吸血鬼病？就是這個，所以得喝點血啥的。」

鬼扯。

在這裡五天，金毛在陽光底下就曬了五天整，吸血鬼病的患者能在太陽底下活動嗎喂？不要以為我連wiki都不會查啊！

我開始懷疑，金毛他們到底是什麼了……

第二天被金毛堵到的時候超害怕的，正想喊在不遠處釣魚的表哥，結果他猛然一彎腰，說「堆堆堆堆堆欸欸欸……」起碼也堆了快一分鐘。

然後我才發現了個非常悲傷的事實。

看起來又凶又酷而且沉默寡言的金毛，是個嚴重得不能再嚴重的結巴。

最後他掏出手機飛快的打了一行字，「對不起。」才結束了這個漫長的道歉。

「呃，其實我也不對……」他也不是故意嚇我，誰讓我半夜起來上什麼廁所。

然後他笑了。一直很可怕的眼神柔和下來，整個人都放鬆了。然後低頭繼續打手機，塞到我手裡。

那四個字差點讓我摔了他的手機。

上面打著，「我喜歡妳」。

我第一個想法是，yes，活到現在二十年，終於有人發現我是女的。人生的第一個被告白啊！超有紀念價值！

第二個想法是……為什麼是個疑似不是人的金毛結巴？他半夜生啃了一隻雞啊！不

知道除了雞還有沒有生啃其他生物……比方人之類的嗜好？

我不知道別人被告白是什麼感覺，我猜我是有點虛榮吧。其實我還滿高興的，即使對象有點奇怪。但是被人當成有魅力的女性而不是麻吉，超棒的。雖然我也沒想交男朋友，但總不能每個男生都把我當好朋友，從來沒發現我是女的吧？

這是自尊的問題，跟想不想桃花滿天飛沒有關係。

「謝謝，真的。但是，我不想交男朋友。」我把手機遞還給他。

他低頭，眉頭皺起來，想了一會兒，在手機打了行字，「我不會咬妳。不咬人。」

這真是太好了……不對啦！

「我，我不能交男朋友。」對待第一次被告白我還是很認真的。

金毛詫異的看我，恍然大悟，在我胳臂上點了點。然後又在手機上打了一行字。

「為了妳哥？」

他的表情充滿理解，而且有些憂傷的溫柔。

我也不知道為什麼眼淚會奪眶而出。大概是，被理解了吧。

連阿兄們都不知道，其實我跟許某人學了一招。許某人他們師門都晚婚晚育，他們都是屬於可以結婚的那種道士，但辦鬼神事，還是得保持童子之身最佳。所以會種一種符壓抑情欲。

是，我也種了，感覺跟打針差不多。因為……我對自己沒有信心，我害怕有一天會有喜歡的人，最後結婚了。

阿兄起的誓是希望看到我嫁人、表哥娶老婆。表哥是姑姑的獨生子，一定會結婚的。如果我真嫁人了，阿兄說不定就只能活到那時候。

我不要。我不要失去阿兄。

戀愛什麼的，不需要。結婚什麼的，更不用有。我不要好奇，不要悸動，不要嚮往。

我只希望阿兄一直活得好好的。

我不應該哭的。因為我的哭聲把表哥引來，又把金毛拖去「談談」了。然後，跟朝風一起回來的阿兄聽到表哥的告狀，又把金毛再次拖去「談談」。

為了金毛好，我想還是拒絕吧。

後來我給了金毛我的手機號碼，要求他講電話真是太過分了，他倒是常傳簡訊過來。

雖然我已經很明白的拒絕了，但他說，第一次看到我就喜歡上了（用睥睨的眼光表示喜歡？），至於阿兄的問題，他也表示理解，但他可以等。

他說，等阿兄陽壽盡了，到時候再交往不遲，希望能給他這個機會。

……我真的很想知道他到底是什麼。

但是等到我們聊到朝風，才算是有一點線索。

據說我阿兄很早就認識朝風，曾經搭救過她。他們倆之間肯定是有些什麼。

可金毛提到朝風時，總是打成「嘲風」。而金毛姓金名猊。

據說龍生九子，其一為嘲風，平生好險，喜登高。另一為狻猊，平生好坐，形若獅子。

其他幾個哥……我猜都跟龍九子都有點關係（吧）。

五角形的屋子，陽宅風水是不可以住人的。因為，只有神明靈獸才可居塔。

我問阿兄朝風的事，向來淡定從容的他，臉孔爆紅，奪門而逃。

嗯，到現在我還是不敢告訴他金毛還在跟我連絡，偶爾會千里迢迢北上找我去看電影喝咖啡。

我怕兩個阿兄再找他「談談」。

之十六　抓丁

我覺得拜託人代發文章很煩。某蝶不要再問我金毛的事情！

雖然從小到大一直沒人把我當成女的……對兩個阿兄來說，我的性別叫做「阿妹」，我最好的兩個朋友，我的性別，同樣是「阿妹」。

……但我終究還是女生啊！讓我保有一點隱私行不行?!肯寫出來是我佛心了，不要追究細節了！

沒有什麼靈異故事了啦！其實這些很靈異嗎？我不覺得。活了二十幾年，勉強能榨的就這些了啦。明明想要簽名書的是許某人和紅茶，為什麼是我在講這些鬼故事……想聽血肉橫飛恐怖到極點的鬼故事還是另請高明吧，我不會。別忘了，我是靈異智障，根本看不到。

結果說他們師門簽過保密協定的許某人，要我說說阿兄去當兵時，我被抓壯丁的事。

我先說，我一直覺得不過是非常逼真的夢，從頭到尾都沒人來跟我接洽，所以我不清楚是不是真的被抓了壯丁。

事情是這樣的，我和許某人認識不久，兩個阿兄服兵役還沒回來。不知道為什麼，我開始做非常逼真的夢，到現在都還記得清清楚楚。

張開眼睛，我在一個小套房。心裡有一點點詫異的感覺，但卻想不起來有什麼不對。走出小套房，發現是個旅館，沿著樓梯走到大廳，只有幾個人在櫃台登記，旅館大門外是個紅磚小路。

天空很乾淨的藍，沒有雲。沿著紅磚小路走過去，是個很大的廟，沒看到神像，卻有疊得很高的「名字」。

為什麼我在這裡？

但這樣的想法一掠而過，在有人招呼我的時候就忘了。來的人是個斯文的先生，說頭兒要見我。

我跟著他經過了安靜卻擁擠的人群，走進紅磚造的小樓，裡面很忙碌，人來人往，最後見到頭兒。

大約四十來歲，留著整齊的鬍子，眼神很深邃。他表達了歡迎，說，人手很缺，還是盡快熟悉工作吧。

發給我的電腦，居然是簡體字。我雖然能讀卻不能寫，最少我不會簡體字輸入法。我跟頭兒說明，他一直平靜的臉孔露出一絲詫異，「在妳眼中是簡體字嗎？」

「本來就是。」我仔細看了一下，沒錯，缺胳臂斷腿。有時候我也會看對岸小說的。

他安靜了一會兒，「不管怎麼樣，盡快學會吧。若是這個不習慣，妳可以寫下來。」

我的工作很簡單，編輯一本通訊錄，並且校對其他同事的通訊錄。時間過得很快，等我回神已經下班。

回到小套房，那種詭異的感覺更濃厚了。然後我聽到鬧鐘響。

但是小小的套房裡並沒有鬧鐘。

到這裡我突然醒了。床頭的鬧鐘拚命的響。

每個細節都記得這麼清楚，真是太奇怪了。但我也沒想太多，不過是個夢，對吧？

但是到了晚上，我又做了類似的夢……可以說是續集。一樣上班編通訊錄、校對，但我已經能夠用簡體字輸入法了，工作進度快很多。

事實上，我並沒有什麼不舒服，只是奇怪連夢都有連續劇形態，而且，還是這麼無聊的夢。

可許某人得到假找我看恐怖片時，看到我卻嚇了一大跳。「妳沒有照鏡子嗎？妳像是得了病蟲害的白菜！」

姑且不論他那討打的形容詞，我拿了鏡子細看，才發現氣色真的很衰敗。

「大概是做夢沒睡好吧。」

他卻凝重起來，磨著我說是什麼夢。聽完他居然全身顫抖。

「笨蛋！妳被陰間抓壯丁了，妳不知道？」

「啥？陰間用簡體字？太不科學了。」

許某人也覺得摸不著頭腦，急急的跑回去找他師門的長輩求援了，然後又跑到我家……就是那次被阿姊嚇得奪門而逃。

他把我叫出去，跟我說，其實人是種有點糊塗的生物，總是很容易將不能理解的環境轉譯成能夠理解的。

陰間的景物，因為不能理解，所以在我眼中就成了最接近的現實景觀。小套房旅館什麼的，他不敢推斷，但是能肯定通訊錄應該是生死簿之類的檔案，而我認為是簡體字的，應該是陰間通用的文字。

「你怎麼知道的？」我還是一頭霧水。

許某人安靜了好一會兒，「我爸就是被陰間抓壯丁。現在他在枉死城當文書。」

「……抱歉。」

當時我不知道問題有多嚴重，很久以後，許某人才告訴我當時有多驚險。他爸是道門，結果說抓壯丁就抓，而且之後真的無法還陽。

我這樣一個非道非釋的巫家小女孩不知道該怎麼擺脫陰間的徵召。當時他師門長輩都勸他別費心了，但他卻不想像失去父親一樣又失去朋友。

做了很多努力，最後都是徒勞無功。因為在夢中我只能感到違和的詭異，卻沒辦法明白我不該在那裡。

從頭到尾，我都沒有什麼不舒服的感覺。只是鏡中日漸憔悴。

直到有一天，鬧鐘響了，我只在小套房裡到處尋找不存在的鬧鐘，漸漸感到困惑，鬧鐘的聲音也越來越稀薄，我想的卻是該去上班了。

在我踏出小套房時，卻感到一陣暈眩。地震了。搖得好厲害。小套房崩解成六塊板子，然後我跌到深淵了。

睜開眼睛的時候，看到了表哥。每次看到他的光頭我都想笑。他一直很愛漂亮，喜歡留個小馬尾冒充藝術家，當兵前他哭了一場，就為了哀悼他的頭髮。

「阿妹！」他拚命搖我，害我好想吐。這震幅……原來地震是這個。

想喊他，但張嘴我就吐了。有潔癖的表哥卻沒有生氣，只是清理穢物，幫我換了件衣服，就把我背起來。

「阿兄，你怎麼在這？」那時候我有點分不清楚現實和夢境。

「我放假了，阿兄被凹……他就是太老實啦。別說話了，妳在發燒。」

我還記得，表哥的背很寬、很結實，很有安全感。他就這樣一路背著我去醫院，走了很遠很遠。

醫生沒有找到我發燒的原因，只能住院觀察。直到第二天許某人才輾轉找到醫院，他都快哭了，完全忘記面對的是他的偶像之一，我表哥。

聽完許某人的陳述，表哥深思了一會兒。「許同學，謝啦。救命之恩當以身相許，但頂多只有半個救命之恩……嗯，允許你們交往如何？」

許某人滿臉迷惑，「跟誰交往？」

表哥老實不客氣的往他的腦袋巴下去。

我覺得許某人這巴掌挨得非常冤枉。他從來沒有發現我是女生。

後來？後來表哥用他半吊子的催眠術催眠我，沒有後遺症……大概吧。

我再次做夢的時候，還是去上班、下班。但回到小套房時，卻看到多出一個行李袋。

裡頭有好幾排的藥，叫做若定的安眠藥。不知道為什麼，我想吃。所以我就一片片的乾吞……吞好久。

每吞一片，詭異的感覺就越來越重，等吞到最後一片，小套房的家具全部不見了，空間越來越小，只夠我躺著。

這不對，我不該在這裡。

「我要辭職。」我喃喃自語。

然後我就醒了。從此再也沒有做過那個連續劇夢。

表哥仔細詢問我以後，非常滿意。他自言其實沒把握，怎麼也沒想到效果這麼好。至於藥片的暗示……表哥承認來自「駭客任務」。

……我覺得我能活下來完全是運氣。

之後許某人作了一次醮，算是正式替我辭職。阿兄放假回來知曉了，太陽穴的青筋突突直跳，我只知道他作了一次觀落陰，而且燒了一紙文書。文書焚盡前我只瞥到最後一行，「逆天之人立死跪亦死」。

但不管我怎麼追問，他都不肯告訴我詳情，只是說，再也不會有這種夢了。

只能說，準備去觀落陰的阿兄，殺氣濃重，超級可怕的。

其實到現在回憶起來，我還是不太清楚到底是夢，還是真的被抓壯丁……陰間可以這麼做嗎？

直到我看了袁枚先生寫的《子不語》，才知道，原來我不是特例。

只是不知道陰間的標準是什麼，依舊不能理解。

之十七 風鈴

這真的是最後一個靈異故事了。

不要抱怨，我的經歷就這麼多啊，編也編不出來。

嗯，該從哪裡說起？就從風鈴開始吧。

不要怕，不是掛上風鈴就會發生什麼事，現在都是大量機械製造了，而且沒人用玉或黃銅作風鈴了，所以掛再多也無所謂。

只是偶爾吧，工業大量製造的風鈴會產生幾個頻率很接近的，然後非常不巧的掛在東北方，並且觀看的人必須符合敏感或時運低，才能夠目睹風鈴產生的靈異事件。

這就是為什麼老一輩的人不喜歡家裡掛風鈴，也不准小孩子夜裡吹口哨，其實就是為了避免那個偶然，看到不該看到的。

當然，知道歸知道，但機率真的是低。對於我這樣命格的人，哪怕是在墓仔埔吹牛角都不會有事，一般八字的人想遇到還真不容易。

表哥就曾笑著跟我說，他顧問期間，最好解決的就是這種問題，只要把方位不對勁的風鈴或者會發出響聲的衣架或鏈子拿掉，就幾乎完成大半。

他當完兵以後就在姑丈的公司掛了個顧問的職位。不過別人的「顧問」，是顧而不問的榮譽職，他卻是真正的顧問……關於靈異方面的。

青少年時期他完全是個白目，淨會給阿兄添亂，但也不得不稱讚他的確頗有天分，而且創意無限。往往用出人意料之外的角度解決事件。

姑丈一直從事跟房屋買賣有關的行業，好像是房屋承銷和一些法拍屋之類的吧，在業界人脈很廣。之前他對表哥恨鐵不成鋼，覺得他裝神弄鬼，但經過一些事情後，也默認了表哥的專長。

其實姑丈跟姑姑真的很疼愛表哥，雖然方式用得不太對，只會塞錢，但他們是真心對待自己的獨子。表哥當完兵以後也成熟了點，家庭關係總算是比較緩和了。

事實上找他解決陽宅問題有點不對路，因為他的風水很皮毛。自從解決了丁小姐家的問題後，他算是豁然開朗。其實吧，陽宅風水只要做到不妨人的平局就好了，占用太好的風水……嗯，我們不擅長，而且也覺得沒必要。

借助太多外力總不是好事，風水局總不可能百年不變，一旦有變化，造成的反噬比平局還糟糕，說來說去，自己的努力最可靠。

這個事件就是姑丈的朋友委託的，讓人意外的，居然是個小學。而且，我還在那兒念了幾年才轉學。

更巧的是，我以前的班級，就在那個有問題的教室。

表哥大概是沒招了，才跑來問我。的確，我就是因為替某個同學解決了靈異事件被排擠才轉學，但是我在那個三樓的教室，從來沒發生什麼事情，而且連聽說都沒聽說過。

當時小學的靈異傳聞都繞著化糞池和廁所轉，但就我所知，早就已經請人處理完了。

什麼午睡時被鬼壓床，滿頭是血的透明同學，意外什麼的，從來沒有發生過。

表哥把阿兄拖去一起瞧瞧，最後只是一場精疲力盡的捉迷藏，那個小鬼一直沒抓到。做的平局布置，卻很快的被破壞——不要小看小學生的破壞力，我說的是活人。

聽說之前的風水大師沒皮條就是被這些小學生旺盛的破壞力搞爆了。

到底是沒有造成太嚴重的災害，學校又是陽氣旺盛的場所。表哥和阿兄當然不可能一直釘在這裡，最後只作了一點應急而且應該不會被破壞的處置。

這個處置，還是我路占出來的。

嗯，路占，聽說日本也有，詳情我就不太清楚。我家的是從阿媽那兒傳下來的，意外的準確率最高的是我。

這個實行起來很簡單，但是準確率卻因人而異的厲害。不過就是憑感覺走到某個十字路口，然後傾聽路人的話，第一個聽到的就是應有的啟示。

跟我一起去的表哥說什麼也沒聽到，但我明明聽到「佔風奪」三個字。

他還抱著胳臂想這三個字是什麼意思，我已經掏出手機查google，你知道的，現在的google超先進，同音字會取出最有意義的，於是我們得證是「占風鐸」。

首出於《開元天寶遺事》，可以說中國最早的風鈴。

異想天開又天賦異稟的表哥，立刻去搞了一個黃銅風鈴，掛在教室的東北角。據說那個風鈴原本是掛在寺廟供奉的，響動時有類似晨鐘的效果。

不管是什麼鬼神在作亂，只要在教室出現就會第一時間被黃銅風鈴吸引。雖然比較慢，但是常常沐浴在類似晨鐘的聲響中，早晚還是會慢慢感化洗滌。

雖然一直沒抓到，表哥和阿兄還是不大忍心下重手——那是個小孩子的鬼魂。

或許會有比較敏感的小學生會看到受驚嚇，但目前看起來是最好的兩全之策了。

我以為這件事就這樣沒頭沒尾的過去，現實就是這樣不講理，很少有條理分明的靈異事件。

但世事就是這麼神奇，我荒廢已久的facebook，除了阿伯找了過來，還收穫了一個當年的國小同學。

姑且叫她小儀（化名）吧。我會跟她聯繫是因為，當年鬧得厲害的「為同學驅鬼事件」，一直很酷不太與人來往的小儀，替我說了話。

雖然我還是轉學了，但我沒忘記她的善意。

後來的事情是小儀告訴我的，發生在我轉學之後。

我轉學之後，原本的班級新學期也重新分班。大約有三分之二的同學沒變，只是換了導師，是學校排球隊的體育老師，還有一批排球隊員。

這個從小一開始就一直在一起的班級，其實都還滿和睦溫馴的，即使我被排擠過，還是必須這麼中肯的說。排擠我的時候頂多就是冷落，可以說我們班還沒有過暴力事件。

小儀說，就這麼冷不丁的分班，進來了一批粗野的排球隊員，原班級的同學非常不適應，就像是驚慌的羊群。

是的，這群排球隊新同學把暴力和校園欺負帶進了這個班級。

原本這群精力過剩無從發洩的新同學把目標定在小儀身上，因為她又瘦又小，而且沉默寡言，看似內向……只能說他們挑錯了對象。

小儀雖然不愛講話，但她本身是很酷又非常有主見的人。所以想欺負她的新同學遭受她無情的反擊，雖然未必打得過，但一個瘦小的女生發狂的又抓又咬，被打得很慘依舊沒有失去鬥志，那就失去欺負弱小的樂趣了。

新同學最後一次的嘗試，是坐在她背後的那個高大男生用圓規的尖端，趁上課時間偷偷地戳她，結果小儀猛然站起來，搶過圓規將他撲倒，然後猛刺他好幾下，幸好是冬天衣服穿得厚，不然那傢伙非見血不可。

雖然因此導師將小儀拖去訓導處還記了過，她依舊保持那種銳利的不在乎。的確，那群混蛋不再惹她了。

但你覺得喜歡霸凌的混帳們會因此住手嗎？當然不。他們轉移目標，開始欺負其他內向軟弱的同學。告狀是沒有用的，他們排球隊員和教練導師能夠稱兄道弟，頂多就是不痛不癢的罵兩句。

總之，那群新同學做了許多你不相信小學生能做出來的事情。在他們來講，只是好玩，長大大概可以推年幼無知。小儀沒有說太多，只說同班的女生到現在還有厭惡男生到必須看醫生的程度。

畢竟像小儀這麼勇於反抗的人實在很少，當時大家又都還很小。

本來這只會是童年的一道傷痕，長大想起來會不舒服，但也都能過去。只是終於發生了無可挽回的事。

這群霸凌的混蛋不知道為什麼起鬨，硬脫一個長得太秀氣的小男生褲子。脫完短褲不過癮，還想脫他的內褲。

在那之前，這個秀氣小男生已經成為這群混蛋欺負的目標，全班同學怕被牽連都離他遠遠的，唯一敢說話的只有小儀。小儀總是跟他講，要勇敢的反擊，越怕越有事。

但是那一天，小儀剛好感冒在家。

到底為什麼秀氣小男生會只穿著內褲墜樓，那群混蛋堅持是意外，而其他同學沒有一個敢說話。

就這樣，一個小男生過世了，因為家長不夠力，這事就靜悄悄的以意外壓下去。

一個禮拜後，導師和排球隊員談笑風生的搭巴士去參加比賽，卻離校沒多遠就發生車禍，過半的隊員受傷，有的嚴重到骨折住院，再也沒有比賽的可能了。

第二個禮拜，導師從只有三階的樓梯跌下來，好像是脊椎還是哪錯位吧，不要說跑步，長久站立都會痛苦不堪。

接下來幾乎是秀氣小男生過世的那個禮拜三，班上就會有人出事。幾乎全班都輪了一遍，唯一安然無恙的只有小儀。

「我想，妳會相信我吧？」依舊瘦小卻精神十足的小儀微笑，「我……真的看到他了。我想，只有妳不會笑我。」

她說，她目角餘光常常看到他，也知道他在做什麼。

他在報復整個班級。非常憤怒卻公平的報復。一個都不要想逃。

當時年幼的她，覺得他做得很對。

「現在呢？」我問。

依舊很酷的小儀笑容轉苦，「我……我又看到他了。事情過去那麼久，他居然還在學校……還是當年的樣子。」

小儀會跟我連絡，就是想起當年我驅鬼的事情，她抱著「可能有辦法」的心態，希望我能救救那個可憐的同學。

如果事情始末真是如此，我不知道自己能做什麼。

一個含恨了十幾年的鬼魂，其實說不定質變到失去人性的地步。唯一值得安慰的是，他雖然傷害了許多人，卻沒有真的殺了誰。

其實這若是靈異故事，應該是我帶著他唯一沒有傷害過的小儀去跟他談談，說不定就能讓他清醒，然後安然往生。

可惜現實沒有那麼多溫馨小故事。

不管是阿兄帶著，還是我跟小儀一起，甚至小儀單獨去，不管喊多久，他都不肯現身，只有風鈴猛烈的狂響一陣，就無聲無息。

表哥說，他這樣的形態卻沒有造大孽，很有可能是發了什麼宏願。譬如校園霸凌消失之類的才肯往生。

我覺得這樣的願望比「山無陵，江水為竭，冬雷震震，夏雨雪，天地合。」還不可能。

後來小儀每年來找我一次，跟我買紙錢，她自己學會了怎麼剪紙衣。每年清明去教室裡焚給他。

「如果連我都忘記，他真的太可憐了。」小儀說，酷酷的臉龐帶著溫柔的笑意。「太晚了。其實我應該告訴他，『我喜歡你。』」

聽表哥說，自從小儀開始這麼做以後，那個教室也因此安靜了。

蝴言　吞刃

我就是那個叫做什麼蝶的作家。事實上，我比較願意說自己是個說書人。寫了十幾年，至今猶未悔也。

幾乎什麼題材都嘗試過，包括靈異。但對我而言，最驚悚的卻不是那些鬼神事，而是到現在也無法解釋的諸多巧合。

有讀者寫信跟我討論傳統武術，問題是我是個四肢不勤的傢伙，我不知道為什麼會描繪出那些看起來有譜的招數。

有讀者跟我討論紡織，問題是我連看都沒看過織布機，我並不知道為什麼我描繪出投梭織布的細節。

當然，這只是比較平常的兩個例子。其實有些「巧合」引發我極度驚恐，導致我之後再也不會輕易的在小說裡殺死角色，甚至不願意寫壞結局。

其實這都能有非常科學的解釋，比方說我曾經閱讀過類似的資料只是自己忘了。也可能是設定相似，既然極力追求合理性，那就不會偏離太遠，所謂相似的生命軌跡。

所以可能有讀者覺得，哇靠，這不是我媽（我爸我姊姊我阿姨等等）的事嗎？嗯，只能說相似的歷史會相似的演變，不足為奇。

小說家言，不可輕信。

所以我不太回讀者的信，因為他們的問題我並不能回答。當我開始寫一個雙軌的奇幻故事，收穫的就不只是這些友善讀者的信。幾乎每隔段時間就會接到激進的警告，要我好自為之，不要洩漏眾異界的天機之類。

我往往一笑置之。

會注意到「吞刃」的信，是他語氣溫和，和那些激進派的不知所云相別，顯得非常理性。他建議我最好把原本要寫的加以打碎重組，越面目全非越好，而不是責備我妄言。

我不知道有沒有人曉得文字也是有其表情的。簡單的排列組合能讓人嗅到本質。原本他也沒寫什麼，我卻將他的信看了好幾遍，然後回信。

吞刃當然不是馬戲團吞劍。能吞刃的只有鞘。但還有個說法，刀劍的護手常常飾以古獸吞刀或吞劍，而這古獸通常是龍生九子之一的睚眥。

有的人會下意識的取跟自己歷程類似的名字。吞刃，可能對自己有嚴格的要求，以鞘約束。但需要這麼嚴厲的約束，本性應如睚眥必報。

對於我的臆測，吞刃回了一串「哈哈哈」，沒有承認，也沒有否認。不過我們倒是成了某種形態的筆友，許久不通信，通信就是超過十頁的大長篇。

也是因為他，我開始對台灣道教和宗教有興趣，因為他對這方面有獨到見解。原本對民間宗教儒道釋不分感到啼笑皆非，如來佛和三清同殿相處，簡直是奇蹟……

但他看法不同。閩地南傳到台灣的屬於閭山派，基礎是南方一代的巫信仰，之後吸收了很大一部分的淨明道教義。而淨明道，原本就主張儒道釋三教合一的。台灣民間信仰非常忠實的傳承了這部分。

很有趣的觀點，不是嗎？

再者就是，我們都是自修者，古文對我們來說，障礙比較少。相互寄有感覺的古詩並且加上自己的感想，常常能觸發我的靈感。

他也是我許多小說主角的原型之一。

但因為他的要求，所以我沒把他的弟弟和妹妹寫進小說裡。他是個好哥哥。我幾乎沒有聽說過哪個哥哥能這麼溫柔的提起自己的手足。

可真實的人生，總比現實戲劇化。一開始，我並沒有意識到阿妹跟吞刃有什麼關係。我只是單純覺得阿妹的靈異故事很有魅力……雖然顯得太平常。

但是我漸漸覺得不對，並且驚訝。因為吞刃跟我說過嘲風的故事，當時我以為他在練習寫靈異小說。我還跟他說寫得很不錯，可惜少了些打鬥和機關，血漿撒得不夠，人也死得太少。

我想起他跟我說過，喜歡《百花殺》的書名，卻對內容不太滿意。

待到秋來九月八，我花開後百花殺。

衝天香陣透長安，滿城盡帶黃金甲。

是吧，多少有點詭異吧？喜歡文丞相的〈過零丁洋〉，個性溫和理性的吞刃，強烈喜愛的卻是反賊黃巢的〈不第後賦菊〉。這兩者風格未免相距太大。

隨著阿妹的一篇篇故事，我似乎……臆測到什麼了。

最後一篇〈風鈴〉後，我想了很久，還是好奇的寄了一封信給吞刃，只有一首詩。

七殺碑有感　作者燕壘生（大陸網路作家）

天生萬物以養人，世人猶怨天不仁。
不知蝗蠹遍天下，苦盡蒼生盡王臣。
人之生矣有貴賤，貴人長為天恩眷。
人生富貴總由天，草民之窮由天譴。
忽有狂徒夜磨刀，帝星飄搖熒惑高。
翻天覆地從今始，殺人何須惜手勞。

不忠之人曰可殺！不孝之人曰可殺！
不仁之人曰可殺！不義之人曰可殺！
不禮不智不信人，大西王曰殺殺殺！
我生不為逐鹿來，都門懶築黃金台，
狀元百官都如狗，總是刀下觳觫材。
傳令麾下四王子，破城不須封刀匕。
山頭代天樹此碑，逆天之人立死跪亦死！

這次吞刃的信回得很快，他說即使養浩然正氣，但有時候必須有雷霆手段時，需要換個腦袋。雖然這是近代人所作，但卻是他最有感覺的。

我回信給他，將阿妹的故事也附上，告訴他真的只是巧合。他表示驚訝，只修改了很少的一部分，同意我發表。說，他真沒想到自己的妹妹也成了我的讀者。

出於好奇，我對他「換腦袋」這件事討論了幾封信。你說我信不信呢……嗯，我是該死的懷疑論者。保持著百分之九十九的聽，卻會抱著一分的疑。

其實我不知道。

但太好奇不是什麼好事。

我問他，在讀燕壘生版的七殺碑時，他有什麼感覺。

這封信直到兩個禮拜後才回，裡頭只寫了兩個字。

「興奮。」

我出現了狂熱寫作時常發生的幻覺。

似乎看到了溫文剛正的吞刃。他朗誦著燕壘生版的七殺碑，聲音越來越高亢，最後蒙住臉。

但指縫中窺見的眼睛，卻飽飽的滿含著狂暴猖獗的殺意和凶殘。

冰冷的恐懼灌進我的骨髓，心跳如鼓。說書人真不是個安全的工作。

羅玖二三事

之一 老故事

這個鬼故事可能早就聽爛了。

有個計程車司機，在某個幽暗的小巷，讓一個長髮白衣的女客人攔下，前往殯儀館附近，下車後給了張大鈔，女客人說，不用找了。

回去一看，那張大鈔成了冥紙。

於是嚇破膽的計程車司機大病一場。

這樣大同小異的故事我起碼看了幾十個版本，大概是我國一開始到現在十幾年來，每隔段時間就有人翻出來講，已經都快成為台灣都市傳說之一了。

所以你明白吧？當我的朋友躺在床上奄奄一息，握著護身符發著燒，眼淚鼻涕的告訴我，身為計程車司機的他，這是他的親身經歷時，為什麼我會不怎麼控制得住自己的表情。

其實我在沉思，但是小胡（化名，司機朋友）叫我別用鼻孔看他。

「……我不明白。」忽視他對我的不實指控，「明明是她的錯，你有什麼好抖的？」

小胡瞪大眼睛，「喂，你知不知道她……她她她……」

「我知道。」我點了點頭，「她用偽鈔，坐了霸王車，還把你嚇成這樣。我不明白你們為什麼不追究。」

「……是紙錢。」

開始有點頭疼，我的朋友們明顯有智商不足的問題，很令人擔憂。所以我耐著性子解釋，「在台灣搭計程車就該使用新台幣。紙錢是啥？任何國家的貨幣都不能兌換的東西……偽鈔無疑的。」

很明顯的，小胡沒有被我說服，他甚至對我大吼。不過好處是他也不再那麼恐懼。這對他的病情很有幫助。

「所以你這幾天要養病，車子空下來了吧？」我遞給他一杯溫開水，「如何？讓我跑幾天車？」

「你以為有小客車駕照就能開計程車嗎？」小胡沒好氣的說。

「呵呵。」我掏出皮夾裡的執照和職業登記給他看。

「……你這變態！到底還有什麼證照你沒考過的？」

「哦……我得回去翻翻看，然後統計一下。」

最後小胡還是將他的車鑰匙給我了。

那時我很閒。或許就是太閒了。

結果我規規矩矩開了三天夜車，第四天，沒有月亮，在一個沒有路燈的巷口，一位小姐舉起手招車。

長髮，白洋裝，身材真是不錯，目測有32D或E。

聲音很微弱的說，要去某某街。

真巧，殯儀館也在那兒。

一路上她都低著頭，我這個業餘的計程車司機也沒跟人聊天的欲望，就這麼一路沉默的到了目的地。

然後她從後座遞了張「鈔票」過來，瞥了一眼，我立刻將車門全鎖死了。

我猜我將她激怒了，因為她發現下不了車，臉孔扭曲到眼珠子都從眼眶掉下來，垂在臉頰上搖搖晃晃，臉皮像是蠟融一般，並且發出一種令人非常不快的氣味。

「小姐，用偽鈔和坐霸王車，都是不好的習慣。」我盯著後照鏡對她說。

她整個人像是扭曲的橡皮（或爛麵條什麼的），從駕駛座和助手座中間縫隙飛快的擠過來，差點撲到我身上……

注意，是差點。我這人還滿潔身自好的，不喜歡人投懷送抱，身材再好都不行。我不喜歡被侵犯。

於是一聲「劈啦」之後，換她尖叫了一聲，縮回後座瑟瑟發抖。

我握著還閃著電弧、劈啦作響的電擊棒，溫柔的看向後座的她。「小姐，就醬。我這人還算有點原則，不打女人和十二歲以下的孩童。但這不代表我被這兩種人揍的時候不會還手。所以拜託了，別逼我還手。」

「現在，」我更溫柔的對她說，電擊棒上的電弧閃著迷人的藍光，「小姐，妳冷靜點了嗎？麻煩妳付車資，或者找人替妳付車資。相信我，我並不想用電擊這樣激進的治療手段，更不想非法拘禁任何人。」

別逼我啊，小姐。

只是她不大容易冷靜，拒絕付車資之外，又試圖攻擊了我幾次。不得不施加幾次電擊……我相信不大好受。

幫我改裝這個電擊棒的朋友大吹而特吹，說這是某種雷法的變形削弱版……誰知道呢？不管如何，我與之交換的幾個「文字」效力很不錯，像是這位小姐被鎖在車裡就出不去。

離題了。

總之，受了幾次電擊之後，小姐總算把掉出來的眼睛塞回眼眶，恢復了生前美麗的模樣，哭得梨花帶淚楚楚可憐……很欣慰她沒有放棄治療。

不過我這樣有原則的男人，不會因為女人掉幾滴眼淚就不收車資的。

最後我載她回家，找她媽媽要錢。原本她媽媽拒絕，因為她說，她女兒已經去世將近二十年了。

沒辦法，我只好讓她們母女見面。

我終於知道這位小姐的女高音遺傳自何處了。都擔心鄰居報警呢。

還好，警察沒有來，小姐的媽媽也付了車資：我和小胡的都付清了。

事情解決的我還算滿意。

最後我將小胡的車資給他，並且告訴他來龍去脈，他卻說我裝笑為。

唉，智者生於世就是寂寞如雪。

之後卻留了個小小的尾巴——小姐的媽媽跑去找小胡了（誰讓我開他的車呢），把他嚇得夠嗆，最後輾轉連絡到我。

因為母女見面應該很感人的事情，卻讓小姐的媽非常憔悴……她女兒天天托夢給她討嫁。

原來這二十年不斷騷擾計程車司機，是因為這位小姐在「相親」，還一直沒有相到滿意的對象。

……我說啊，二十年前也是二十世紀末吧？怎麼還這麼古典的想冥婚啊？所以說小孩子的教育不能等，不要小小年紀聽一堆奇怪風俗，死後還這麼執著。

我向那位小姐解釋，其實冥婚這習俗屬於「非禮」。但她完全聽不進去……她要不是女人，我揍得她滿臉開花。

現在就很遺憾她離我三尺遠，說什麼都不肯先動手。

嗯，最後我還是給她介紹了一位不錯的對象。高大英俊，某國立醫學院畢業，準醫生……除了已經死了，真的樣樣都好。

最近我收到他們的喜糖，可喜可賀，可喜可賀。

只是後來，這類老梗的計程車故事就絕跡了。其實只有小胡休假的時候，我偶爾會去開開他的計程車啊……

這讓我的電擊棒，感到有一點點的寂寞。

之二 私宰

有這麼個都市傳說，在我剛退伍不久時很盛行。

據聞，在某市的陰暗角落有「真人秀」，以「大卸美女」著名。除了聚集一狗票有相同血腥興趣的觀眾，甚至會隨機綁架路人來觀看，以路人的恐懼和美女被開膛破肚的終極痛苦為樂。

筆者據說就是被綁的路人觀眾，僥倖脫逃後，就在某個靈異版寫了這個逼真又血淋淋的故事。

嗯，我知道國外是有類似的聽聞，至於真實度……誰知道？我畢竟只是個普通的活人，沒辦法透過螢幕分辨真假。

我能肯定的是，以上這個流行時間非常短的「都市傳說」，跟我還真有點關係。

實在不能怪我。當時我還太年輕，那天晚上又有幾分醉意。

在某個聊天軟體（我絕對不會告訴你是RC還是SP）有個老帳號，ID是ross9後面加幾個數字。取ＩＤ的時候還是個灰暗的中二，就隨意的拿自己名字亂湊。

是的，我姓羅名玖。

長大後覺得這ＩＤ很蠢，但已經用習慣了。

不過誰會想到這蠢ＩＤ居然會惹麻煩，剛退伍的我脾氣還有些暴躁。

事情是這樣的。睽違一年多回到某個聊天室，發現熟人少了，多了許多小白目。但是聽他們偏離主題的耍白痴還滿好笑的，所以我常掛著聽。

然後我被當中一個弱智纏上了。

到現在我還是不明白，很少參與聊天的我，到底什麼地方被他誤會成美女?!林北明明是器宇軒昂英俊瀟灑的男子漢!!……咳咳，抱歉，我有些失控。

當然我們要關懷弱智族群。你知道的，要求一個弱智分清楚「ross」和「rose」是有困難的。所以他喊我「玫瑰」，我都當作沒聽見。

甚至於，他密語我的那堆垃圾話，依舊視若無睹。

平心而論，他那些幻想以他的智商而言，還算是挺有創意的，一些他自稱的「血腥欲望」。

其實我體諒這些幻想。

人的幻想千奇百怪，發著夢幻小花和粉紅色的，往往只占很小的一部分。許許多多的幻想其實是陰暗、邪惡、反社會的。

有些時候這些陰暗幻想反而是抒發壓力的好辦法，紓壓完了就完了，能夠精神飽滿的面對第二天。

前提是，幻想不會實現。

像是有些人的幻想是末世來臨，但他們絕對不會想親眼看到殭尸出現在現實中，並且啃他們的大腿骨。就像，某些女性的幻想是被強暴，可她們遇到真實的強暴肯定會尖聲喊救命。

就像這個弱智總是在私聊裡意圖將「玫瑰」大卸八塊，但我敢肯定他連親眼目睹都會發抖。

別跟我說影片和圖片，那是什麼東西？真偽不論，隔著螢幕這種安全距離，能算什麼。

葉公好龍。

好吧，其實我沒跟這弱智計較……懶得計較。

都怪那晚我多喝了幾杯，有些醉意。那弱智傳密語正在形容他怎麼把「玫瑰」大腸裡的某種東西擠出來，噴得到處都是。

我突然很想整他，非常非常想整他。

於是我把他約出來……意外的簡單啊靠。

我朋友有個不定期、隱密的私宰場。其實是為了供應某些嚴苛的餐廳，他們相信古老的手屠是最好的方式。

其實算是做好事吧，先讓那個小弱智直面何謂「血腥」，反正他的願望就是當殺人狂不是嗎？紙上談兵有什麼意思啊？

雖然他想逃跑，但是我們這票哥們都人高馬大，押他一個小弱雞仔簡簡單單。他一直在慘叫……從豬的咽喉割了第一刀，他就叫得比豬還慘。

嗯，我一直都不明白殺人狂的心理。據我所知，連活人生吃的妖怪其實都還算是滿少的。因為太狼藉，味道太糟。

已知用火很久很久了好嗎？

咳，又離題了。

總之，小弱智只挨到清完內臟就翻白眼昏過去了。我朋友很義氣的幫我處理了他——載剛宰好的豬肉去餐廳時，順便把他扔到市內。

至於我，在私宰場又貪了幾杯，醉上加醉，招計程車回家了。

第二天我就後悔了——我的腦袋像是挨了千錘百釘，嗡嗡作響，宿醉得一塌糊塗。然後第一百次發誓要戒酒。

後來我接了份打工，往深山鑽了大半個月，當中沒有網路可以用。

等我回家，已經將近一個月了，這才發現那篇奇葩的「大卸美女」都市傳說。

……那天宰的應該是公豬呀？

不管怎麼說，除了宰體從豬變人，細節倒是描繪的絲絲入扣，文筆也引人入勝。這小弱智真令人刮目相看。沒想到放聲尖叫之際，還能觀察入微，不簡單啊。

不過，為什麼我是狐狸眼的娘炮？這是挾怨報復，對吧？

明明我很帥、很有男子氣概的。

早知道就該潑桶水將弱智弄醒，逼他親手擠豬大腸才對。

更讓我覺得無言的是，這篇張冠李戴、移花接木的「都市傳說」，底下許多的回應除了「好可怕」、「騙人的吧」，還有「我也在哪哪哪聽說過」、「其實就在某某廢棄倉庫（農舍）」、「聽說誰誰誰也看過回去就出車禍」等等。

最後上升到百鬼夜行、見者皆殺的程度了。

這個小弱智還很親切的每個回應都回哩。

還太年輕並且暴躁的我，直接翻了之前的對話記錄。人哪，往往會忘記自己說過的話。小弱智想把「玫瑰」約出去的時候，不只一次給了我手機號碼。

撥了過去，他才喂了一聲，我笑了笑，「今晚的殺豬刀很寂寞，你要來陪陪它嗎？」

「神經病！什麼殺豬……啊……啊啊啊啊！」

被掛斷了。然後再也撥不通。

其實我也只是想嚇嚇他而已。讓我太不愉快了。

可那篇都會傳說刪除了。聊天軟體上，再也不見小弱智。

……糟糕，把他嚇得太厲害嗎？

嗯，我不是後悔。我只是覺得喝酒不好，脾氣太差，也不太好。有些人不理他就是了，沒必要做些多餘的事情。

畢竟我不是警察。

知錯能改，是我極少的優點之一。

之後我偶爾也看到這個「都市傳說」的變形，只是地名改到外國去啦。也說不定只是類似的故事吧？不管怎樣，我都看得津津有味。

什麼？為什麼我今天會想起這件往事？

那是因為，我在一家室內裝潢打工，工作地點就在某大樓。

在那裡，我看到小弱智，沒想到他不但成為主管，而且還是被人景仰的主管。

工作認真之外，在人人滑手機的時代，他特別古典的喜歡和人面對面交談，讓人感到溫暖。

就是有點膽小，害怕血，害怕鬼故事，尤其是詭異的都會傳說。

而且，他還是個素食主義者。

他沒認出我來。

我只能說，人類真的是很厲害很厲害的啊。

幾年前，我朋友將私宰場關了，我去幫他搬東西的時候，發現了小弱智的一魄，呆呆的站在豬欄裡。

那時小弱智已經完全失去音訊，哪個ＩＤ都沒有上。

真的把他的魂嚇掉了啊……想還回去，都不知道該還去哪。

結果，人家少了一魄，還活得好端端的，陽光向上。

……人少了手或腳也能好好的活下去，魂魄，可能也是如此吧。

誰知道。

最後我沒有還回去。因為接近本體顯得非常興奮的一魄，整天竊竊私語著，「殺殺殺殺殺殺殺……」。

我知道我很任性。

但是現在的弱智有個可愛的小女兒，同時是個非常好的爸爸。有時候他老婆會帶小女兒接他下班。

他不需要一個想將自己女兒開膛破肚的惡魄。

我對好爸爸，總是特別心軟。

之三 山

我喜歡所有不可思議的故事。

除了某座山以外。姑且將這座山稱為B峰吧。只要是跟B峰有關的故事，我都會迴避。

嗯……因為這屬於我「無法接觸」的領域，我承認我害怕。

極少數知道我的朋友很羨慕我的「能力」，其實那都是屁話。我是個非常普通的活人。

我不害怕那些鬼是因為他們也算是某種形態的「人」。說起來比活人還單純點，因為活人根本沒辦法靠外表就判斷出是好人還是畜生，屬性善良還是變態。

這點死人就好多了，一眼就能看出來，而且我能對付。

活人就艱難多了，不但不好判斷，萬一發狂抽出西瓜刀……我並不具備空手入白刃這技能。萬一更不幸的拔出手槍……我想我得再死一次，這次會死得很完全。

既然我每天都能充滿勇氣的走入滿是活人的街道，我實在想不出為什麼會害怕死人。

再說吧，死人真的是段數最低的那種。在魑魅魍魎類的異類中，是最不入流的。

好，我又離題了。

每年有幾次，我會接到深山的打工。雖然不怎麼喜歡，但待遇的確高，如果把人找到了，更高。

之所以這樣高待遇，我卻討厭……是因為我沒辦法應付家屬號啕大哭的場面。能把人找到，卻不能保證是活的，這種無力感讓人厭惡。

更討厭的是B峰。我都稱之為魔山，根本不是人類該去的地方。每去一次我心情總要低落很久，偏偏我又戒酒了。

所以我通常會拒絕。不要跟我說能力越大責任越重。靠北啦，我又不是神仙，很多地方是直升機去不了的好不好？科技沒辦法達成的事情，不要指望我這個普通的活人好嗎？

但人生總有這樣那樣的無奈。「朋友」這種東西全名叫做「豬隊友」。我還不能不管他……因為我欠他一條命。

我國小的時候曾經溺水，是小朱（化名）拚命將我救上來的。

所以我出發去B峰了，和一群老手會合。其實也不是非我不行，只是我能節省點時間，讓小朱的生存率高一點點罷了。

我想，現在已經沒有人相信有「山神」了吧？所以我向山神祈禱獻祭的行為，看起來特別蠢。

其實我也看不到山神。甚至我也不認為該用善惡去界定。

祂是很平等的。不管是蟲鳥禽獸、植物動物，甚至是自視甚高的人類，其實祂都一視同仁，該生生該死死。

人類占優的地方也不過是，曾經找到漏洞跟祂溝通，之後又放棄這個漏洞罷了。

我知道的就是鑽一點點漏洞，說白了就是這麼簡單。

但不要以為山神知道東西南北和經緯，祂賜下的位置往往需要集思廣益的破解，然後分頭去尋找。

只能說小朱狗屎運通天，居然讓另一個搜救小隊找著了，只是有點神智不清，已經送下山了。我大大的鬆了口氣，正要跟我自己的小隊會合……卻看到了一個驚駭莫名的場景。

原本看到的時候，我以為是一群鹿，飛快的跑過稜線。但是我總是比較容易分辨同類的氣息。

那是一群人，他們跨著極大的步伐，跟隨著最前面高大，而且只有一條腿的某種「東西」，兩旁還有比較小的，看不出是人是獸，像是牧羊犬似的驅策那群人。

瞬間我就知道我看到什麼了。那是一群「魔神仔」，最前的似乎是「獨腳仔」。那群人已經沒救了。

因為他們在被魔魅的情況下超出人類體能極限，只要一停下來，通常就是死亡……所有的疲勞爆發，心肺無法負荷，簡單說就是累死的。

這就是為什麼我討厭B峰。

我能做的就是記錄方位，再組織來……找人。正當我心情最不好的時候，樹叢發出窸窸窣窣的聲音，怕又是落單的魔神仔，我趕緊從背包裡掏出排炮和打火機。

結果魔神仔的確出現了，同時出現的是個……人，活人。

國一還是國二吧，根本還是個孩子。非常髒，眼神恍惚。只離我，大概十來步而已。

那隻魔神仔四肢著地，連後腿都像是人手的模樣。白鼻心似的臉孔，露出一個充滿惡意、挑釁的嘲笑。

我最討厭別人挑釁我。

所以，我飛快的點著了排炮，朝魔神仔的方向扔了過去，巨響、硝煙、火花、煙霧。那孩子稍微清醒了點，看著我，露出驚恐和求救的眼神。

我一把捉住他的胳臂，轉頭就跑。

太瘦了啊。

他沒遇到一個比較良善的魔神仔。我知道有些魔神仔只是單純愛玩，會養護被拐來的人類。有的就是純粹的虐待了。

就像某些興趣就是虐待動物的混帳。

最後我是將他背著跑了，幸好距離會合地點不遠。我們這小隊還算是熟手，多少都有帶些防身的東西，但到了半山腰也算是彈盡援絕了……

誰知道會惹到這麼窮凶惡極、死不放棄的傢伙呢？

不過，我們運氣挺好的。居然出現了一大片竹林。當中枯竹很不少，我們幾個大漢飛快的砍了一堆，讓還有點渾渾噩噩的小孩坐在火堆前，不斷的將枯竹扔入火堆中，響了許久許久。

為什麼？呵呵。

在火藥發明之前，震懾群魔的，就是將竹子扔進火堆裡的「爆竹」啊。

總算還有件開心的事情。小孩獲救了。那孩子洗乾淨了臉，露出非常可愛的笑容。不那麼開心的是，根據「這麼可愛絕對是男孩子」的定律，他還真的是個男生。

後來我就不再去B峰了。

下山後我倒了……失血過度。小腿有道深可見骨的傷口，我自己都不知道，還跑跑跳跳的。

說不定我也被魔魅喔……誰知道？

隔了兩年，當初那小隊的隊長跟我傳line，告訴我，那片竹林不見了。

「枯死囉？」我不以為意的問。

「不是。一點痕跡都沒有。」

「就在那件事後半個月。」

「其實當時我就覺得很奇怪。那條路我閉著眼睛都能走，但是從來沒有竹林啊……」

……誰知道呢？

可能，也只是可能。山神大人也願意偶爾讓人類鑽鑽漏洞吧。

「幫我撒甕酒。」我回他，「謝謝山神大人。」

之四 通靈

曾經有一陣子非常流行，突然爆炸性的出現許多通靈人士。

陰陽眼已經不值得一提了，沒有的只能說遜。前知五百年後知五百年也不夠用了，必須要能觀人人（是的，每個人）的N代前世。領令旗和軍將已經不夠流行，守護神才叫做潮，而且數量越多越厲害。

那陣子我真開心，每天有看不完的故事。

至於是不是真的？誰知道。或者說，誰關心。我只在乎文筆是否通順……有時候真的好想替他們改作文……咳。

我的意思是說，沒辦法隔著螢幕判斷真偽……事實上，就算面對面，我能判斷最準確的，還是死人吧。記得嗎？我從來沒見過山神，哪怕我知道祂的存在，受過祂的恩惠。

但我還是沒見過。

我能見魑魅魍魎，見死人，偶爾能見妖——其實也就見過兩回——卻見不到神明和神仙。

所以我無法判斷真偽。

不過那不妨礙我看故事，我總覺得他們挺奔放有創意的，跟東京雙煞有拚，走到哪鬧鬼到哪。如果是真的，那真是太了不起了，能夠這麼一直鬧鬼而健康又堅強的活著。

據我所知，見鬼通常是三種情形。一種呢，就是時運持續低迷或體質很弱，就很容易見到……這個是比較危險的，因為真的很容易見著見著就跟世界說再見了。

第二種呢，就是天賦異稟……或說發育有點不完全，沒把兒時的淨眼關了，那就被迫要一直活在「好兄弟」並存的世界裡。但是能持續一輩子的人就很少，更不用說這種人更為稀有。

第三種就是……死過一次，並且迷失到某個地方去的傢伙。譬如我。

第一種最多，也是所謂「陰陽眼」的常發處。如果沒有應劫掛掉，通常會慢慢失去這種能力，長命百歲的也是挺不少的。

但即使是時運或體質太低的第一種，通常也不會常常鬧鬼——跟他們有太多危及性命的交集。

所以我才說，那些鬧鬼鬧了一輩子，還有數不盡的鬼故事可以講的人非常了不起。我這死過一次還有點外掛的傢伙都沒能那麼精彩。

不過，終究與我無關。我不過是個讀者罷了。

……本來應該是這樣。

結果寫做「朋友」，事實該念做「豬頭」的小胡，跟這些人當中的一個扯上關係。林北那麼認真的替他討車資，他說我裝笑為。某某在靈異討論區說有大能，他立刻驚為天人頂禮膜拜。

我真不該管他去死。

會跟小胡認識就是在某個聊天室，都是喜歡靈異故事的人。那時我還在念大學，小胡已經在開計程車了。後來熟了，發現是朋友的朋友之類，我喜歡聽，他喜歡說，就這麼成了朋友。

但他是很鐵齒的。喜歡不可思議的故事，只是單純的興趣，並不會當真。當然，他還算是很審慎理智的人，不會因為鐵齒就去做些中二的白目行為（比方跑去墓仔埔夜遊之類）。我們之所以合得來，這絕對是重要的原因之一。

所以他開始提到某某時，我只覺得他是個狂熱的讀者，並不以為意。

然後他充滿崇敬的告訴我，某某有十二個守護神。

……湊足十二生肖了？不不，或者是十二星座？總之，這不容易。玄奘法師也只有三個徒弟當護法。十二個守護神是個什麼概念？

之後，小胡眼睛閃亮的說，某某大師什麼都知道，凌空替他解決了那個難纏的女鬼。

……那明明是林北替你解決的。而且，那都是一年多前的事情了啊喂！

「大師說你沒有收好尾！」小胡責備的看著我，「你這樣半瓶水是很危險的！你看，你之前不是山難嗎？差點腿都廢了！都怪我，要不是為了替我化解你也不會……但是你也不該……要不是大師大神通，現在我們早就……」

……隨便你。

其實我不想管這件事。我知道某某的確是個大師……吹牛大師。大概就是想要被注目，滿足一下可憐的虛榮心。再三詢問發現某某沒有因此斂財，我就不想管了。

在我看來，一群人聚在一起，星星眼看著某人吹牛和穿鑿附會……雖然不是很健康，但也沒什麼大錯。人生這麼長這麼無聊，總需要些「不一樣」的事情相伴。

不然怎麼老有人酗酒酗咖啡酗小說酗愛情。

可小胡找我去看新車。因為他打算把現在開的計程車過戶給某某大師消災解厄。

「你過給他了嗎?!」我吼了。

他明顯嚇到了，「明、明天。」然後有點惱羞成怒，「三小！你幹嘛用眼白青我！」

相信我，我很想勉強自己用正眼看他……但我沒辦法委屈自己。

小胡很快的熄火，委屈的嘀咕著，「……你看我的眼神……像是看草履蟲。」

「別侮辱草履蟲。」我相信草履蟲的智商，卻不相信小胡的。

最後我們沒有去看車，我說服小胡帶我去見某某大師。只是不屑，話術而已，誰不會。

到了某某大師那兒，門庭若市，還得掛號約見。有點開心的是，某某大師是男的，而且是十二歲×三。

在掛號的時候，小胡滔滔不絕的說某某大師的神奇之處。現在掛號的地方嘛，一半是宮廟（吧？），一半是看事處——看前世的。

小胡說，某某大師幫他看，說他前世是日本武士，守護一個不會笑的公主，最後為了公主壯烈犧牲……今生將要再續前緣。到現在還沒有女朋友就是要等那位日本公主的轉世。

……可憐的傢伙，一定沒有童年。這明明是漫畫裡的一段情節，居然能把他唬爛住。我深深的替他悲哀。

兩千塊就能看前世……這神通好不值錢。

最終輪到我了，我和某某面對面……立刻將關上的門鎖上。

我很驚訝，相信他也同樣驚訝吧。

「原來你也去過啊……」我無奈的笑了起來，「應該在很淺的地方……忘了差不多了吧？」

我相信……去過那裡的人，一定是不少的。

古代說「黃泉」。古希臘有「冥河（斯堤克斯河）」。北歐主神奧丁，以一隻眼睛交換了一口「智慧之泉」。

死亡似乎都跟「河流」、「泉水」有關。而智慧和神祕，也跟這些河流或泉水有關。不管是哪個文化誕生的神話，都有類似的記錄。

像我這樣，見過「那邊」的人，一定還有。

國小的時候，我溺過水。在痛苦掙扎到極點時，輕鬆了，可是我繼續往下沉。一直沒有停止的往下沉。我不知道到底有沒有底……在被拍回去之前，都只是一直往下沉而已。

我不知道怎麼形容。最光亮也最黑暗，似乎只過了幾秒，卻也像是過了千萬年。像是什麼都看過一遍，又像是什麼都沒看到。

知道的只是，我所在的地方只是支流中的支流，非常不重要的一部分。

在最喧譁也是最靜默的「河流」裡，我聽到一句清晰，「不到時候。」

然後我後背被拍了一掌……然後我醒了。

醫院都要放棄急救了說。

嗯，我後背多了一個後天的「胎記」，巴掌狀的。忘掉了絕大部分，還記得的很少，一些莫名的記憶、隨手撿起來的一些「文字」。我是不會稱之為符的，筆畫太簡單了。

幾年後我看到鋼鍊，很久沒笑的我終於哈哈大笑。我相信作者應該是聽說，或者真的看過「那裡」。我是沒有看到真理之門，也不會煉金術。

但是門裡的洪流，真的真的，有點像，同樣也是非常難以形容啊。

某某身上殘留的「氣息」，已經淡得接近無了。明明是瀕死（或者是死後）經驗，理應不愉快才對。但我知道，這種「氣息」是會漸漸消散的。有的人會眷戀這種記憶，拚命的想阻止消散。

我知道。因為某某是我見到的第二個。第一個受不了氣息完全消散，自殺未遂後發瘋了，現在在精神病院。

「你想到的辦法就是行騙啊？未免太可笑。」我一把揪住某某的領口。

「大膽！居然敢對本駕不敬！你不怕天罰嗎?!」他翻著白眼義正嚴辭的喝斥我。

好一會兒我才發現，他在偽裝起乩。

我是看不到神明。但我還能分辨什麼是神降。

所以我難得的感傷立刻揮發殆盡，將他一把按倒飽以老拳。真開心他不是女人也不是十二歲以下孩童，揍起來一點心理負擔都沒有。

什麼？外援？記得我鎖門了嗎？我親手「鎖」的門連鬼都鎖得住，何況活人，更何況區區的呼救聲。

「所以，」我拍拍他毫髮無傷的臉（打人不打臉是王道），「你的守護神在哪？快叫出來賞我天罰！」

「不不不，我沒有守護神！」某某哭得鼻涕都流出來了，「我錯了我錯了……我只是、只是……」

某某的確在瀕死時瞥見了一眼「那裡」，活過來以後有些神奇的體驗。但畢竟只是瞥見，並不是在裡頭泡過，所以神奇很快就消散了。

可人在塵世實在是……太寂寞了。一開始，他只是把一些神奇寫出來，沒想到大受歡迎。嘗到甜頭後，他開始編造，然後一發不可收拾。但是許許多多人都相信他、為他辯解。

似乎是用另一種方式獲得了慰藉。

只是後來漸漸變質，他開始覺得自己比任何人都聰明，信徒是那麼的好騙，錢和女人來得那麼容易。

簡言之，就是一個神棍的心路歷程。

「……真麻煩。」我覺得頭疼。「你不是很想要守護神嗎？我送你一個好了。你真的很需要有人督導。」

其實，雖然名為守護「神」，記得嗎？我從來沒見過神明，當然也沒那麼大的面子請神明來督導這個小敗類。

但人間從來不缺孤魂野鬼。只可惜，沒如他所希望般湊滿十二個，畢竟我不想殺人。

我想，他的神棍生涯可以光榮退休了……或者說強迫退休。

自從我將「與神棍友善對話」的錄音檔傳給小胡，他保住了車，卻好幾個月都躲著我。

其實我懂，也沒有生氣。

曾經做過比草履蟲還蠢的蠢事，大夢初醒後，cosplay鴕鳥……人性如此，沒什麼。

等他躲完羞，還是非常正式的請我出來吃頓飯了。

沒事，人生難免犯蠢。

至於某某……他銷聲匿跡了。據督導他的守護「神」回報，他現在在賣水果。

總算有個正經事做，對國家社會也勉強有貢獻了……可喜可賀，可喜可賀。

絕對比他當神棍好太多了。

我不會告訴你他很難結婚了。更不會告訴你，他的守護「神」，生前是個很善妒的女人。

我笑了？沒有吧，當然沒有幸災樂禍，更不是故意的。

之五　鏡子

「鏡子」這個題材不算很熱門，但也算是長銷型的靈異題材。

外國流行過召喚「血腥瑪麗」，本土比較流行的是從鏡子裡看到現實看不到的「人」，或者鏡子出現不應該有的可疑掌印或指紋。

小說和漫畫最喜歡的，通常都是鏡子裡的那一個「我」，會千方百計的誘惑鏡子外的「我」，渴望交換身分，或者把現實那個「我」拉進鏡子裡。

我喜歡鏡子的故事。對我來說跟修真小說一樣玄幻，都是不可能發生卻展現人類極致想像力的創作。

哦，抱歉。我的意思不是說這些都是假的。而是，這些長銷型的鏡子故事，跟我認知的可說是南轅北轍，說不定就是剛好我沒見識到罷了。

不過不可思議的故事最迷人的地方，除了那瞬間本能的毛骨悚然，不就是不曾遇到過的未知嗎？

喔，我所知的鏡子世界？其實我所知的是非常少的，應該是冰山一角上的某顆塵埃吧。

我的確沒見過血腥瑪麗，所以不要問我是否被大能消滅了。因為，從我跟鏡裡打交道開始，就從來不知道有這號人物。

至於指紋掌印……只是有些人比較好奇，所以做出比較出格的舉止……但也沒出格到影響現世吧？如果真的很害怕，換一個鏡子就是了。通常他們是不可以越界的，也沒有那麼大的興趣緊盯著一個人不放。

而「邪惡」的鏡裡人跟鏡外人互換身分……我的確聽過，還被指使去尋人。不過只有一次。說起來有點複雜……但也不是鏡裡居民主動交換的。反而是逃避現實跑到鏡子裡的人類比較多，成為鏡內世界的非法移民，造成許多困擾。

說破了非常平淡無奇吧？

鏡子實話說就是個非常中性的東西，它最大的存在意義就是，忠實反應真實。這也是鏡裡世界的通則。

如果你在鏡內看到任何現實看不到的「人」，這並不是鏡子很邪惡，而是一個警訊。你該做的是趕緊去做一次比較詳細的健康檢查，排除一切病灶。然後多晒晒太陽、作息正常，甚至放鬆點去度度假，好好審視一下自己，力求保持身心健康。

見鬼這件事，跟人會發燒差不多。發燒其實是身體給予的警訊，一定是什麼地方出狀況了，身體才會發燒當作警報。見鬼，尤其是鏡裡見鬼，通常就是時運太低或根本身體不好。

最容易爭取的當然是健康，保持健康狀態也容易度過時運低迷的困境。

絕對比被神棍騙財來得有用多了。喝薑湯都比喝符水有意義……最少喝薑湯可以驅陰寒，符水搞不好只會讓你拉肚子。

我不明白這麼簡單的道理為什麼會有人不懂。

……呃，我又離題了。

說到鏡裡和我的緣分，可以追溯到溺水之後吧。

當時我國小五年級，還是個小屁孩。到過「那邊」以後，我對世間的一切都失去興趣。

副作用吧我猜。

文青一點說，就是「鏡裡稚嫩的容顏，內裡靈魂已蒼老」。（不要笑，我靠這拿到國小作文第一名）

當時還是屁孩的我，認為一切都已經歷過，現實如此乏味而粗礪（？）。而且，無比懷念「那邊」。

雖然沒辦法確切的形容，但的確時時刻刻都是無比充實的。相較之下現實如此空虛。

可我記得的部分，卻跟重返「那邊」沒有任何幫助。那也不是死亡就一定能到的地方，夾在生與死、現實與虛妄之間，哪邊都不是。

所以我很無助、憤怒，成為一個怨天尤人的可惡小中二。那時我最大的興趣就是打架，從來不跟人廢話。跟活人打，當然也跟死人打，我什麼都不在乎。

但是跟活人打架，打輸了我不會告狀，但打贏了卻必須面對老師和同學家長組團的嚴酷，回家還得面對更嚴酷的爸媽混合雙打。

漸漸的我就將目標轉向沒人撐腰的死人。面對他們，我外掛真的開得太大。

但這樣美好的時光沒有過多久……幾個月吧。出於一種現在完全沒辦法解釋的白目，我在自己的鏡子上落下「鎖」的「文字」，想把自己的鏡像鎖住。

我猜，這種白目兼莫名其妙的程度，大概跟會想召喚血腥瑪麗差不多……吧？

於是我很快的遭受到懲罰。我後背那個巴掌狀的後天胎記，痛得像是連挨了十八個巴掌，讓我這個硬氣的小中二飆淚，乖乖的把「文字」去掉。

觸犯鏡內世界不是個好主意。

於是，我最後的童年和整個青春期，完全被「管制」了。只要對死人太過分，胎記就痛，越不聽話越痛，真正痛不欲生。

我並沒有真正見過那位管制我的人，最常見的徵兆只是鏡子出現不該有的波紋，像是風吹過湖面那種漣漪。甚至也沒有對過話，只有那回想差遣我的時候，用「文字」簡略得跟文言文一樣命令。

就寫在鏡子上。

很遺憾，我對這種「文字」識別的不夠多，是個半文盲。她又從鏡子內側寫，所以是倒寫……我解讀得非常痛苦。

不過事件解決後，她也給予我報酬，非常公平，宛如鏡子般，真實的公平。

其實被她管轄的時候，我是非常討厭她的。雖然討饒的時候會叫她「女士」，心裡罵的都是「死老太婆」。我不能在死人身上為所欲為，最後把那股暴躁轉到活人身上……我國中的時候真不是什麼好東西。

不記得把多少霸凌者送進醫院呢……當時的外號叫做「霸『霸凌』凌者」。

一直到成年，我才漸漸對她，非常感激。那時那麼小的年紀，善惡觀都還沒建立好，卻擁有不應該有的能力……如果不是「女士」嚴厲的管教，說不定我就成了我最鄙夷的惡徒神棍了。

說不定她只是實行一次漫長而嚴格的懲罰而已。誰知道？

但十八歲那一年，她第一次也是唯一一次命令我，給予報酬後就再也不理我了。真是個高傲的女人。

那次的事件很令人啼笑皆非。一群青少年玩對鏡……就是將兩個鏡子相對起來，站在兩鏡中間。

這些青少年認為這樣可以召喚惡魔。

嗯，我也不明白召喚來幹嘛。更何況這樣可能會讓鏡內居民混亂，卻不怎麼可能召喚惡魔……惡魔沒有那麼廉價好嗎？他們是很貴的。

原本只會看到一些光影，引起尖叫，可能需要收個驚什麼的……他們念的咒語是不可能召來任何東西的。

很不巧，打雷了。

本來就很混亂的鏡內居民被……嚇掉了魂，在固定的鏡子裡離不開了。然後當中一個少女，把那面穿衣鏡搬回去繼續使用。

結果就是，少女嚇得夠嗆，掉了魂的鏡內居民也嚇得夠嗆。兩邊看起來，對方都非常可怕，不斷尖叫，表情異常恐怖。

驚慌中，不小心，互換了魂魄……

這並不是最糟糕的。更糟糕的是，換了魂魄的少女（鏡內居民），並沒有愉快的享受現世，而是嚇得更歇斯底里，最後被送到沒有鏡子的精神病院了。

所以「女士」才得差遣我。因為走失者居然在沒有鏡子的地方。

這不是件容易的事情。前前後後我追查了兩年。你不要指望另一個世界的居民們，能夠明白什麼叫做「地址」、「電話」，甚至不能指望他們能明白何謂方向。

他們可以告訴你開頭和當時發生的事情，離開鏡子範圍就別奢求了。

最後我是靠好幾個靈異討論區的故事，訪問了許多活人和死人，還有好到爆表的運氣，才算是找到事主。

雙方都很倒楣、很無辜。其實這是冷靜點就能解決的事情，不知道為何會搞得這麼糟。如果那個鏡子不再使用或打破了，早晚會有人去把受困的居民找回來。如果少女在被驚嚇的瞬間立刻離開，雙方都會冷靜下來。

就算少女沒有離開，如果沒有那個巧合的不小心，也不會在驚嚇的最高級時換了魂魄……

這個故事告訴我們，凡事都要冷靜，尖叫不能解決問題。

總之，在差點被扭送法辦後，我成功拯救了兩個無辜的可憐人（？）。那個被困鏡中兩年終於回返的現世少女在做過心理治療後，還算健康的出院了。

前天她line我說她要結婚了，只是挺著七個月大的肚子，婚紗不好看。我勸她等瓜熟蒂落後做滿月子再結婚，不差那幾個月，孩子還可以親眼目睹自己爸媽的婚禮。

至於那個倒楣的鏡中居民，就沒那麼快復原了。「女士」將他放在我的鏡子裡。

到現在，我用那個鏡子的時候，還常常照不出我的身影。

之六 凶宅

其實在某部凶宅小說大紅之前，凶宅的故事就一直長盛不衰。

最開始的凶宅故事，通常都是一群中二去凶宅探險，然後被猛鬼滅團或滅到剩下女主角和小孩（萬一有小孩的話）。

慢慢演進成，不知情者住入凶宅，然後被嚇出毛病，最後經過親朋好友介紹的高人（或者親友團就有高人）幫助，終於化險為夷。

這些樸素的凶宅故事陪伴我整個青春期——雖然應該是死人怕我，不是我怕死人。但還是很可愛、很在地，感覺就是某個我們可能經過的地方，會發生的鬼故事。

這種期待感一直到某部「似乎很真實」的凶宅小說達到最高點，那些除鬼的手法是那麼的生活化兼好笑，大部分的凶宅都有貼近人性、讓人感慨的故事。

可是隨著連載時間越來越長，開始浮現巨大的謎團和巨大的陰謀後……我就冷卻了。

不知道為什麼，清新可愛的小品，只要大受歡迎，就會導向「巨大的謎團和巨大的陰謀」。某盜墓小說是這樣，某故宮是這樣，某道士是這樣，現在，連這部我喜歡的凶宅小說都是這樣。

真是令人感傷。

天知道我已經煩透了「巨大的謎團和巨大的陰謀」。

我只想看清清爽爽、不可思議的故事好嗎？

但是我某個作家朋友罵我太挑剔。說，受歡迎的題材是不容易出現的，一旦出現當然要設法延續作品生命，不出現「巨大的謎團和巨大的陰謀」怎麼有辦法寫到幾百萬字。要體恤作家的辛勞和謀生不易……（以下省略上千字的責難）

當下我回水球（呃，密語），「其實妳也這麼幹過吧？」

然後我被她黑掉了。足足半年後才惜字如金的回信，完全演繹了何謂「惱羞成怒」。

但即使付出差點失去一個朋友的代價，我還是沒辦法委屈自己接受「巨大的謎團和巨大的陰謀」。以至於對於凶宅類故事興趣缺缺，每次都會跳過去。

現實的凶宅……對我來說太乏味。

有陣子我打工的內容就是「打掃凶宅」。結果工作結果太不容易確定，常常被扣尾款，或者乾脆都沒拿到。

我有自信能對付大部分的死人，並且將他們驅除得再也不敢回來（但手法沒有凶宅小說那麼有趣）。但是，我對付不了活人的疑神疑鬼……他們比較相信某些老師。

照那些「老師」的說法，我們每個人身後都跟了一大群，世界早已被死人攻占了。

再說，做了幾間……終究還是像強盜一樣，強迫這些死得很倒楣的死人，更倒楣的被掃地出門。

這讓我很不舒服。

我終究是個任性的人。反正台灣最不缺的就是辦這類事的人，人家受過專業訓練，我這普通的活人摻和什麼。

後來我寧可去小七打工，也不幹這個了。只有在很偶爾的時候，我會幫幫忙。

*　　*　　*

記得是我突然想考貨櫃車資格的時候吧。大貨車駕照考過了，正在準備考職業駕駛資格的筆試。我想一次考過，所以很認真的念書。

這時候我一個做齋公、我叫他黑頭的朋友，找我去某個棘手的凶宅幫忙。都跟他講我沒空，下個禮拜再說，他還盧個沒完。「反正你都考了滿天星斗那麼多的證照了……貨櫃車?!」他咆哮，「你考了也是擺著生灰塵，根本不會去開！」

我不喜歡跟人廢話，所以我直接將他拉到黑名單了。因為他真的太煩，所以不管是什麼聊天軟體，都將他封鎖了。

結果，SP上，朋友甲說，「阿九，黑頭找你。」我立刻把SP關了。然後換RC，朋友乙說，「螺絲，黑頭找你。」我立刻把所有聊天軟體都關了，順便將手機關機。

可我忘了關PTT。

所以朋友丁扔我水球，「九九，黑頭找你。」

……敢情他騷擾遍了所有跟我有關的朋友。

我回了朋友丁的水球，「告訴黑頭，他媽叫他回去吃飯。」然後我把電腦乾脆的給關了。

誰也不能阻止我用功。

一個小時後，我的電鈴響得像是救護車。我敢打賭有人瘋狂按我的電鈴。

我猛然打開大門，努力克制還覺得太陽穴微微抽搐。按電鈴的人最好有很好的理由……或者乾脆是個女人或小孩。

黑頭猛然的撲上來，即使將他踹出大門，還是飛快的爬進來，表情真是無比驚恐害怕，「你、你你你……九哥！我媽……我媽真的找我？你在哪看到她的?!她她她都過世十二年了!!有什麼話好好講啊！我還沒娶老婆我還不想死，告訴我媽我還不想去下面吃飯……」

我真的無言了。

將他扔上沙發，關好大門，然後從悶燒罐裡倒出濃薑湯，硬灌了他一碗。他該感謝這幾天時氣不對勁，我一直預備著這個。

「……你好意思說自己是齋公？」我鄙視他。我這個沒有受過專業訓練的普通人，都看得出他印堂發亮——黑得發亮。

這大概就是術語說的，「陰邪入體」……馬的他是個黑頭齋公啊喂！

我不懂道教系統的專業人士，所有的我都稱之為，道士。認識黑頭以後才知道不是這樣。在台灣，道士倒是很少的，常見的那些穿道袍做科儀的是齋公（或稱師公），分成紅頭和烏頭（黑頭）兩種。

黑頭就是個烏頭齋公（吧？），他解釋的很模糊，說是「度死」。我會認識他是個意外，就是次很普通的網聚。誰知道我們這頭在講鬼故事，另一頭幾個女生嘻嘻哈哈的玩筆仙。

我頭回發現活人找死的潛能有多大。雖然很擅長釘孤支（一對一），但是以一敵百只能當烈士。

總之，我和黑頭聯手解決了這件事，然後相互知道對方不欲人知的祕密。

是的，黑頭也不願意人家知道他靠裝神弄鬼吃飯。我不樂意是因為我嫌麻煩，黑頭不樂意是怕找不到老婆。

那時我很詫異，因為沒料的都設法裝通靈王好把妹，他這個有料的卻不肯。

他的理由倒是很實際，「裝神弄鬼騙來的妹子品質肯定不好……太笨。」

所以他到現在還沒有女朋友，何況老婆。

可黑頭的確是有料的，雖然說，他沒有陰陽眼，從來沒有見過鬼。但這似乎不妨礙他抓鬼。有些時候，我覺得他比我還厲害。因為他靠一個羅盤和一把米就能解決六成的事件，一成要靠道具和符……

再不然，他也有很多親朋好友。

譬如我。

可我也不會這個啊幹！我可以跟死人釘孤支，能把活人打成怎樣，就能把死人打成怎樣。把死人弄得魂飛魄散都有可能……只是我不願意這麼幹而已。

但也就這樣。

我真心不會收驚更不會驅邪。而他這個專業人士很不專業的強烈需要這些業務。

弱。

「別用眼白看我，哇欸驚。」灌完那碗濃薑湯，他精神好了點，語氣還是有些虛

說。

「我如果是你，我就把自己關在那間凶宅把自己驚死算了。最少事實真相沒人知道，你家祖師爺不會覺得丟臉，你的師父師兄弟什麼的不至於同感蒙羞。」我冷靜的

黑頭瑟縮了一下，「你、你一定要這麼冷酷嗎？我們不是朋友嗎？」

不，你只是個豬頭。

可我真是個善良的人，沒把這話說出來。

等我告訴他，他媽真的沒找他，只是我憤怒的表達。他幹譙了幾句，終於在我的眼神下消聲，然後冷靜多了。

黑頭經歷了一個非比尋常的夜晚——他頭回見到鬼。

其實這是個表面看起來很普通的案子。有個房客在某個公寓自殺了。沒有什麼靈異

成分，就是感情加上工作因素。

但這位房客生前可能精神不太穩定，對自己非常殘酷，殘酷到警方一度以為是謀殺案兼分屍未遂。血噴得到處都是，不管怎麼洗都洗不乾淨，不得不換掉部分地磚，重新粉刷牆壁。

那間凶宅是個小套房，當時事情雖然鬧得很大，但也就熱鬧一陣子罷了。附近的住戶不是學生就是單身上班族，哪怕住了好幾年也不知道隔壁是誰。

居然有鄰居一直都不曉得那間凶宅發生過命案。

半年後，房東將那間凶宅再次出租，也沒發生什麼大事，第二任房客是男的，住了一年畢業回家了。

然後房東再次將房子租給一個在念大學的女學生。結果沒有理由的，女學生自殘。幸好她男朋友在她家，制止她之後把她架去醫院，之後很快的退租了。

類似的事情又發生了兩次，很僥倖的自殘者都獲救了。但是，這屋子是凶宅的傳言轟動起來，房東輾轉的找到黑頭來處理。

我知道幹黑頭這行的，有點像私家偵探。他們接了案子就會仔細查來龍去脈，省得發生什麼意料外的事情。

他也是個細心的人。

但我真聽不出來有什麼不對勁。之前我少少參與過的幾次案子，都比這凶多了。比方說屍體藏在天花板怨氣沖天作祟，比方說地基下不幸打擾了沉睡數百年快成精的髑髏之類……

樣樣都比這嚴重好吧？

「所以？」

黑頭又灌了一碗濃薑湯，可憐兮兮的看著我，「能不能……把燈都打開？」他嚥了口口水，「我真的欽驚。」

黑頭說，一開始真的是他輕慢了，所以準備不足。花了好幾天的時間，不管是祭解還是威嚇，都沒有效果。甚至，他仰賴的羅盤和米卦，還常常失靈，有一度他懷疑是不是弄錯了，根本就沒有什麼作祟。

他開始頭痛，失眠。眼尾常常掃到莫名的黑影。漸漸的，他不敢關燈。處在黑暗中就會感到莫名恐慌和窒息。

就是太自信了，甚至太理性。其實真正幹他們這行的，反而會理智的從現實找原因……看醫生先。他以為是最近接太多案子，壓力太大，所以並沒有察覺。

直到，在那間凶宅，親眼看見，啪啦的掉下來一堆「東西」。除了右手四肢都光禿禿的，沒有手掌和腳掌的死人，七孔流血、倒掛著對黑頭獰笑。

他嚇得落荒而逃。雖然再也沒看到什麼，但濃重的血腥味一直沒擺脫掉。以為很安全的家，再也不那麼安全了。

所以他瘋狂的找我。沒有第一時間衝來，是因為他不敢出門。會衝來是因為被我嚇得夠嗆。

他還真以為我看到了他死去的老媽。

其實我被他搞糊塗了。

黑頭的膽子很大，本事算可以，同時很理智。他的恐懼太直接也太幼稚。簡直像是……小孩子莫名害怕廁所裡想像中的鬼怪似的。

不可能的。

然後我發現，他手腳都在微微抽搐。臉孔也開始扭曲。他本人似乎沒有發現，對答也還算正常……雖然也漸漸脫序、混亂。

他開始搖頭，頻率很快、輕微的搖頭，比著奇怪的手訣（？），一本正經的跟我討論如何驅除他帶來的大群厲鬼。

根本沒有那種東西。

「黑頭，」我打斷他，「那傢伙死得不夠久吧？為什麼他能傷到你？你雖然不是很有出息，但也不至於這麼沒有出息。」

他呆滯了一下。搖頭、抽搐、扭曲，都暫時停止了。他掙扎著像是想說什麼，最後成為一聲淒厲的嚎叫，很快的跳起來……然後飛快的回到地球表面。

嗯，是我踹他的。

這種情形，我和黑頭看法不一樣。他認為這是中煞，我則認為是鬼怪某種天賦般的心理暗示。

但不管是什麼，都很棘手。萬一流年不利因此一命嗚呼也不是不可能，或瘋或殘還算是好的，起碼把命保住了。這比被死人纏住還糟。被死人纏住，只要成功驅離，就像是把病源移除了很快就會痊癒。

中煞（或說心裡暗示），是精神疾病，就算讓下毒手的死人魂飛魄散，中煞的人還是很可能走不出自己扭曲的精神世界。

很高興中煞聽說是很難得的。黑頭抓了十年鬼，也才遇過兩個需要解煞的。

情形比我想像的還糟糕，會解煞的人是黑頭，中煞的也是他。我難免煩躁了起來，在他抽搐嚎叫的時候，往他身上多踹了幾腳。

我一直克制著的壞脾氣似乎又復發了。

但沒想到那幾腳讓黑頭清醒了，「阿九你中猴喔？踢我幹嘛?!」他印堂居然黑氣淺了些。

「嗯，你忍耐點。我試試看怎樣的力道弄不死你，但能幫你解煞……」

黑頭眼淚鼻涕的求我別這麼做。

他傾囊相授，但我似乎沒有解煞的天分。學得我很暴躁，他又時不時發作，結果我不得不踹他或揍他好讓他冷靜點。

快天亮，我和他都精疲力竭，總算把那個煞給解了。雖然我懷疑，不是解煞儀式正確了，而是我將他踹好了。

他鼻青臉腫的求我不要有這麼可怕的想法。

* * *

本來黑頭沮喪的想把這個案子推掉，換我不樂意了。

「我仔細想過了，他沒有權力作祟。」我心平氣和的跟黑頭說，「第一，房子的產權不是他的，他不過是個房客。在他死亡的那一刻，租約已經終止。他不只不該在那兒作祟，還不該在那兒居住。」

黑頭瞪大了眼睛，「……你知道他得了好地理嗎？而且他的死亡時間和死亡方式都很巧妙的合了這個地理，完全是天時地利人和。我這樣講吧，那傢伙已經屬於只能招安不能消滅的品種了……」

「哦，原來如此。」我點頭，「可是，他還是沒有居留權。」

「這不是居留權的問題啊阿九！」黑頭花了很多時間說服我，還舉例曾有類似的厲鬼作祟，結果卻是被招安而不是被消滅。

我只是微笑。

「……你可不可以不要笑得那麼可怕？」黑頭都快哭了。

不管死人還是活人，都必須要敢作敢當。

我不想管閒事，但作祟的傢伙已經麻煩到我了。

過程乏味無聊，遠沒有故事好看。但是我在凶宅裡，看到三個女孩的生魄，遍體鱗傷，似乎已經不會分辨死人還是活人，只會在牆角瑟瑟發抖。

敢情這個作祟的傢伙，不但非法居留，還非法拘禁，並且非法施加暴力。

他沒來得及殺死任何一個住在這裡的女房客，卻留下了她們每個人的一魄。

原本我只想給他個永遠難忘的教訓，終究我還是決定將他永遠隔離於社會之外——連陰間都不想讓他去了。

我說過嗎？我最恨傷害婦女小孩的男人。

所以我把黑頭轟出去，將整個凶宅都鎖起來。連廁所的通風扇和排水孔我都小心的寫上了「文字」。

那傢伙只能眼睜睜的看著整個屋子都被封住。或許假以時日，他能夠觸摸實體，能將我揍翻過去也說不定。但現在他還太嫩了，而我又是個不容易被暗示的人。

嗯，他真的已經很努力了。

但是他的假神假怪只會讓我暴躁的脾氣更暴躁而已。

我知道我有點超過了，以至於交給黑頭的只有一拎殘餘。勉強保持理智的情況下，他的頭顱還算完整。

只是，在他痛哭求饒，說會對女人下手只是因為，一個人死太孤單了。直到死他還是處男，太不甘心了。他會揍那些女人的生魄，只是因為那些女人不聽話不讓他……

我沒等他說完，就將他舌頭整個扯出來。他不會再需要這個了。他不需要眼睛、耳朵……什麼都不需要了。

甚至我改變了主意，不想讓他魂飛魄散。太便宜他了。

等得非常焦慮的黑頭，收了那傢伙，狐疑的晃了晃葫蘆，「這重量似乎不對。」

我眼皮都沒抬，「我替他減了些體重。」

「……你替他減了一半？」黑頭的眼神都不對了。

其實只剩下頭和肩膀，以及一小部分的脊椎。但我當然不會告訴黑頭。

我告訴他的是，還有三個生魄。雖然歸還一魄不需要什麼特別的方法，但我不認識她們，還是讓媲美私家偵探又很懂的黑頭效勞吧。

事件就這麼解決了。我回去用功，沒有意外的通過筆試。之後雖然有點曲折，我還是能開貨櫃車了……只是我的確讓駕照放在抽屜裡積灰塵。

看吧，我就說，我的凶宅故事超乏味的。

只是有件事情不明白。

我折騰那個作祟的變態，明明在全屋封鎖的狀態下，不知怎麼還是流傳出去了。有陣子我身邊淨空，目光可及處都看不到半個死人。偶爾看到，他們會哭爹喊娘的逃跑。

同時，黑頭很安靜，超級安靜。我還以為他病了……他居然不再鬧我。偶爾來求我幫忙時，不但非常恭敬，而且非常敬畏。

有次我偶然問起那個作祟的變態，他立刻驚得把手上的杯子給摔了。

之七 神明

神明的故事，不大容易在靈異討論區出現，偶爾出現幾回，往往是精品。

我想這應該屬於民俗學的範圍（想聽真正的故事的話），真的有系統、有條理能說明白，真的還滿少的。

附會神明然後胡說八道的倒是很多，連要當故事看都有點受不了。

……好吧，這只是個人意見。

但我真喜歡某神明油炸鬼的故事。超喜歡他的個性，覺得跟我應該會很合。

可我……從來沒見過神明。

我的朋友很多，但來來去去的也不少。真的一直是媽吉的，算算只有四個。我們有很多共通點：都有些不思進取、安於現狀。除了小朱以外，其他人都單身。而唯一結婚的小朱，他老婆長年在東南亞工作，聚少離多。

多少都有點憤怒青年的特質，而且都非常喜歡不可思議的故事。

早些年，十天半個月就聚在一起喝酒擺龍門陣，自然是各種靈異故事大會。這幾年，不單單是我戒酒了，其他人也開始慢慢收斂，畢竟不那麼年輕了。

結果改成喝茶，一個月裡總要去兩三次貓空。但是老講的時間老配合不上，最後我們把錢省下來，跑去老講的值班室泡茶……還是興致盎然的講不可思議的故事。

老講其實姓蔣，比起我們起碼大了二、三十歲。可他大概想接司馬爺爺的班，是我們當中最愛講的那一個，所以我們都叫他老講。他在一棟有點年紀的大樓當警衛，規矩嘛……可以說很寬鬆。

也是最愛喝茶的那一個。他把大半的薪水都奉獻給好茶了。知道他這個癖是改不了了，所以乾脆把上貓空的錢省下來，給他帶點茶，暢談一下靈異。

只是到點必須巡邏時，我們會一起跟著去。

據說這棟大樓有很多故事，老講自己都遇到幾次。他們很奇怪為何陪老講巡邏從來沒遇過。

我不表示意見，黑頭沉默不語。

老講有陣子非常喜歡神明的故事，有假都喜歡往廟裡跑。快六十的人還認真的弄了個很陽春的部落格，龜速更新中。據他說，已經跑了一百多間廟宇，大廟的神明來歷都能頭頭是道了，小廟的還在努力中。

油炸鬼、斬私佛的故事就是聽他說的，非常有意思。

剛好某知名討論區也講到這個，大家都激動起來了，紛紛貢獻自己知道的神故事。不知道怎麼離題，開始討論靈山派。小胡有個姑姑受害很深，他氣得破口大罵那些「老師」……小胡姑姑把他表弟的大學學費都被騙走了。因為某師姐說小胡的姑丈被跟了二十三個冤親債主，最神奇的就是小胡他姑姑居然相信了。

老講也非常生氣，他雖然不是非常虔誠的信徒，還是堅信「舉頭三尺有神明」，我們若有人拿神明開玩笑都會被他罵。他也舉了個例子證明這些靈山派的老師太混帳：沒事就指著人家恭奉的神明說退神、已經入鬼。

其實沒有那麼容易。因為，我看不到神明，卻可以看到死人啊。我媽生前可說是見廟就拜，包括那些很小的宮廟。我跟她拜了不知道多少廟，見過多少神像……我真沒見過哪個死人真有膽附身。

我不懂當中的緣故。或許是我見得不夠多。

等等。

其實我……見過一個。

「……阿九？阿九！」

我回神，看向小胡，「嗯？」

「……你的眼神，為什麼總是這麼可怕？」小胡抱怨，「下禮拜我要出國十天，車你要不要開？」

「不了，」我淡淡的笑，「我有事。」

結果所有的人都安靜下來，每個人都盯著我瞧。莫名其妙，沒見過人笑？

「嚇死人了，九哥不要！」「阿九你別笑！吼，陰風慘慘……」「我的心臟！老人家不能嚇你不知道？」

雖然黑頭保持沉默，我還是很公平的一人踹了一腳，只是踹老講的時候比較輕。老人總是有優待的。

那是國中快畢業的時候吧。我見過一個膽大包天、敢依附神像的「人」。

即將畢業，卻是我打架打最凶的時候。忘了是兩支大過三支警告還是小過，總之，學校並不想開除我……畢竟名列前茅的學生總是受優待。一群被我送進醫院過的霸凌者不願意看我平安畢業，於是天天有架打。

不過我畢竟是個比較狡猾的傢伙，總是仗著過人的體力偽裝逃跑然後痛揍落單的，那天也是這麼幹，結果解決了最後一個，我才發現已經跑到舊家附近。

然後我震驚了。從來沒見過這麼奇怪的事情。

舊家附近有個很小的廟，在一個市場的竹林邊，香火很寂寥。我媽經過都會雙手合十拜一拜，但是她也不知道供奉的是誰，只聽人說是「娘娘廟」。

我從來沒見過「娘娘」，但是這天就見到了……才怪。

有個「女生」類似附身一樣，憑依著神像。

「妳，過來！」當時還非常中二的我，惡劣的將她喚出來。

她嚇得全身發抖，顫巍巍的挪過來，試圖裝出不怕的樣子，在我看來非常失敗。

「妳為什麼可以裝神？為什麼別人不行？」我好奇的問。

實在太奇怪，我見過的死人通常都穿著生前的衣服。而她，明明新死不久（肯定沒百年），卻穿著繡花長袍（吧），打扮得很古裝。

「我不知道。」她聲音很小的說。

也許是有些白目的好奇吧。當時的我抱持著「所有人都是愚蠢的凡人」的莫名驕傲，不說死人，連活人都不屑理他們。

居然會去理會一個裝神的小女生，實在不可思議。

說不定是因為寂寞。原本非常害怕我的小女生，後來也漸漸跟我說話。

她說，她過世的時候，正要考初中。（我還在想初中是什麼）

算了一下，那時才十二歲吧……國小剛畢業。至於死因，她是怎麼也想不起來。渾渾噩噩的漂蕩很久。

直到有一天，她聽到有人哭得非常傷心。是一個中年太太，然後不斷的擲筊，卻一直是笑筊或陰筊。

但這裡的神明，很早就不在了。所以她再怎麼擲，也沒有用啊。

可聽著太太的哭訴，小女生卻越來越難受。她的孩子病得很厲害，家裡沒有錢，丈夫不顧家，她不知道該怎麼辦。

她求的只是平安，讓孩子平安。

雖然幾乎將往事忘盡，小女生還依稀記得母親和溫暖的時光。所以她出手撥弄，給了那位太太一個聖筊。

明明知道不可以，她還是跟著那位太太回家，剛好是她能處理的事。她守了幾天，將驚嚇到孩子的死人嚇跑了。

本來事情應該就這麼結束，不過是個死去的小女生偶發的善心。結果孩子痊癒後，那位感激的太太回來還願，燒了金紙還燒了花衣。然後小女生就這麼莫名其妙的換了衣服，並且棲息在神像中，不用再漂蕩了。

雖然說，信徒很少，通常是市場內討生活的小販，最虔誠的就是那位太太。但她真的很喜歡這些人，很認真的聽他們的傾訴，盡微薄的能力幫助。實在沒辦法的時候，她常常傷感的哭了又哭。

其實她死的時候還小，又渾渾噩噩很多年。在我看來，實在很沒用。

但我也不知道為什麼，常常會帶本書去看她。偽裝成看書，事實上跟她聊天。有的時候，會幫她的忙。

她笑起來很好看。

生前的事情，她已經忘了大半，死後的記得的也不多。

「我見過王爺喔。」有天她突然說。

「吭？哪個王爺？妳酣眠喔？」

「不是！我真的見過他！」小女生生氣了，「但、但是，是哪個王爺呢？……可我記得的。」

「王爺，很溫柔喔。」她甜甜的笑了起來。

然後她開始講大拜拜，雜七雜八說了很多，說她想去幫王爺辦事。

我覺得，她的記憶可能混亂了。將生前死後的都夾雜在一起。我耐著性子聽，還試圖去尋找那個不知道是誰的王爺。

照我當時那麼陰沉暴躁的脾氣，對她卻格外有耐性。或許是因為，我從來沒將她當成死人。

她實在，太像活人。除了已經死了，她和活人……不，比大多數的活人都善良、更有勇氣。

雖然我們只相處了一個暑假。

高中開學不久，我騎腳踏車去看她。我怎麼也沒想到，會在熊熊烈焰中見到她。

市場失火了，棚頂垮下來，大火和倒塌的建材困住了一些人。她張開雙臂，飄在空中，一面哭著，一面拚命散發鬼氣阻止火焰靠近。

「別這樣……」第一次那樣的恐慌、整個心都縮成一團。「不要這樣，住手！」

她回頭瞥了我一眼，依舊在哭，然後給了我一個非常難看的笑，不見了。

這個時候消防車終於趕到，撲滅了大火，很奇蹟的居然無人傷亡。

竹林燒光了，小廟坍塌。我從廢墟中只找到神像的碎片。

小女生還存在嗎？其實我很難判斷。她還有一點點影子，但也就剩這麼一點罷了。

那年我逃家，南下進香，回去差點被我爸媽打死了。

但我不後悔。

雖然，我還是沒見到神明。雖然，我不知道這裡有沒有小女生見過的王爺。但是能為快消失的小女生做一點什麼……年少的我才不至於暴躁的犯下什麼大錯吧。

我也是第一回那麼真心的擲筊，求神明照顧小女生。想想也是很丟人的，從來沒有為神明做什麼，甚至沒有半點虔誠。

卻厚著臉皮求神明了。

連擲了十二個聖筊，才很不放心的將小女生交出去，火化了碎片。

然後每三年，風雨無阻的，我會南下進香。明明我見不到神明，甚至不是信徒。

今年我又來了。鑼鼓喧譁、鞭炮震天。

在行列中，我看到打扮成少年的小女生，歡天喜地的跟隨王駕。

四目交接，她眼神爆出驚喜，笑得很甜。但是行列還在進行，她只能偷看一下，然後就隨著隊伍走了。

其實，自從她快消失，我將她送來後的下一次進香，我就看到她了。那時她已經恢復，在我眼中很鮮明。

但是隨著時光流逝，每次見到她，我眼中的影像，一次次的淡薄了。

我只能看到逝者，卻怎麼都看不到神明。

終究有一天，我會看不到她。我也知道，她被照顧得很好。

但是，就這樣吧。

只要她還在這裡，我就會來。

哪怕再也看不見。

之八 電梯

明明只有自己卻發出超載警示的電梯。明明按了某樓卻層層都開門關門。在電梯中的鏡子裡看到恐怖的同乘者……等等。

這些靈異傳說伴隨著電梯的發明，就開始盛傳了。

更何況近幾年，在現實中也發生過幾樁跟電梯有關的、不可思議的命案。讓本來就很不喜歡搭電梯的小朱，爬了好幾個月的樓梯……他家明明在七樓。

後來讓他停止自虐的是，我們這群死黨，蒐集了古今中外最可怕的樓梯鬼故事說給他聽，才讓他泯滅了對電梯的恐懼（？）。

我們這些媽吉真是用心良苦。

其實照老講說的，電梯的確容易出怪事。但是大部分都是因為電梯秀逗，線路有問題。即使像他工作的老大樓，什麼都能忽視，就是電梯的維護不敢輕慢，畢竟發生意外真的難以挽回，並且很不方便。

他所在的大樓最高樓層是十四樓。

有回電梯有問題，幸好維護時發現了。結果搶修三天……

住戶差點暴動，最後是管理委員會出錢讓那些困在高樓的住戶們去旅館過夜。不要說太誇張，你讓十四樓的住戶爬樓梯上下班跟上下學？

可老講也說了，要說電梯出人命，其實還是挺少的。最少他所在的大樓從來沒發生過。

頂多嚇嚇人，偶爾有住戶會屁滾尿流的衝到管理室，痛哭流涕並且語無倫次的說電梯有「那個」，時間也往往是深夜。他呢，遇到多了，總是陪著去搭電梯，一面在心裡說「讓讓，別鬧。」通常也就沒什麼事了。

在中庭耗點香或一根菸就行了。其實有的根本不抽菸。

他本人不怎麼抽菸，但是值夜班時都會固定點根菸，在香爐燃點檀香。他是不點線香的，都是散香。因為點線香住戶會害怕，有的還會逼他講大樓鬼故事，鬧得管理委員會警告他。

我覺得他的電梯鬼故事非常虛。

但更虛的是，我連這麼虛的經歷都很少。

照說我是什麼陰陽眼對吧？發生頻率這麼高的經歷，沒理由我遇不上呀。我國中的時候看過一部電影，女主角在電梯見鬼那段，簡直絕了。為此我跑到據說很有事的某大學電梯搭了十來次……什麼都沒有。

我不懂當中的原理。也可能是，我不在乎人類，管他死人還是活人。嗯，我對陌生人實在太冷漠了。

但黑頭卻說，「死者太害怕你了。」

胡說，我明明很和藹可親。

自從「女士」不再管制我後，我很少對死人使用暴力的。

其實我知道他們曾經在電梯。因為會瀰漫一股「味道」。只是不知道為什麼，在我踏入電梯前就跑了。

我是絕對不相信像黑頭說的，他們不敢跟我同處如此狹小的空間。

但凡事都有例外。

大約是B峰事件之後一年吧。我在腿傷期間，非常無聊。原本我有傲人的恢復力，但是在B峰受傷後，卻拖拖拉拉快半年才完全癒合。雖然我有積蓄，也在準備地政士（土地代書）普考，但行動不便讓我百無聊賴，並且煩躁。

會理會那個獲救的孩子，應該就是我太無聊。絕對不是黑頭說的什麼婦幼之友……絕不是。

姑且叫他小折吧。因為他有部心愛的小折（折疊腳踏車），你絕對不敢相信，他騎了一個鐘頭的腳踏車來探望我……只能說年輕人體力就是好。

遇到那麼可怕的事，其實小折恢復得還不錯。當然會有點膽小和疑神疑鬼，但也慢慢開朗起來，小孩子恢復力是很強的。

我想他多多少少有點雛鳥情結，爸媽不怎麼肯讓他出門，他偶爾能背著父母來探望，更多的時候是用聊天軟體跟我連絡。

每早會說早安，臨睡會說晚安，遇到週末假日還會追加午安。

雖然有點煩，但終究還是能體諒的。不管是他爸媽的憂心，還是小折的依賴。

其實我很想說，小折能獲救，是因為這本來只是一個意外。

小折並沒有登上B峰，不過是在山下的步道，很乖的隨著父母呼吸芬多精而已。壞就壞在，小折是個很漂亮的孩子，漂亮的像是精靈一般。我嚴重懷疑他祖上有西方血統。

魔神仔可能不太會分辨人類的美醜老幼，但是他們會受這麼乾淨的氣質吸引，於是違背規矩將他拐走了。

所以他能獲救，並不真的是我的功勞。

但我不想讓他們太驚恐。反正小折這輩子大概不會想爬山……而且孩子長大很快，那些異類很快就會對他失去興趣。

果然，不過是大半年的光景，小折冒出幾顆青春痘，開始變聲，柔和的線條漸漸硬朗，那種空靈的氣質也慢慢消失。

他功課也忙，可憐的國三生。所以漸漸失聯，也是應該的事。

可在某個凍死人的冬季傍晚，他又騎了一個鐘頭的腳踏車，拚命按電鈴。看到他我很詫異，他的臉色說不上好……其實只能用慘無人色形容。他拚命發抖，卻不是寒冷……我都看得到他蒸騰的汗了。

雖然我正要出門打工。但是我對小孩子總是格外心軟。

「先把汗擦擦。」我將一條還沒用過的毛巾扔給他，轉身去廚房煮薑湯。

不要笑。只會這一零一招的唯一一招，很好笑嗎？

雖然我不喜歡他把折疊腳踏車拎進來，既然他自動自發的拿起拖把，我也就忍了。

煮完薑湯，他已經比較冷靜了。起碼捧起薑湯沒把湯抖掉。然後他跟我說，他不敢回家。

因為電梯有鬼。

「你可以爬樓梯。」我不假思索的說。

他快哭出來，「我家在二十樓。」

「……………」我立刻打電話去請假。

他遇到的情形比較可怕。除了常規的在沒人的樓層開開關關，他還感到氣息、視線，這已經讓他嚇得夠嗆了，最後居然現形。

小折不肯形容到底看到什麼，他倒是鼓起勇氣揮開，並且按了每個樓層，希望可以離開電梯。很幸運的，電梯門在六樓開了，但差點沒衝出去……他的手被拽住。

他之所以聲音有些沙啞，並不是變聲期的關係，而是他漫長慘叫時喊啞了。

結果亂揮時抓到折疊腳踏車，不知道為什麼壓力一輕，驚嚇過度的他就這麼扛著折疊腳踏車衝下六樓，想也沒想就騎著往我家跑了。

我讓他捲起袖子，果然有個烏黑的手印。

摸了摸腳踏車的坐墊下，護貝過的護身符還在……不，是護貝很完整，字跡已經模糊得快消失了。

原來黑頭不像我想的，是個單純的神棍。

小折能逃出來，大概是這個我放心安的護身符（黑頭出品，品質保證）的功勞。

「會痛嗎？」我問。

「一點點。」他眼眶紅了，「怎麼辦？我爸媽快回來了……萬一撞上那個怎麼辦？」

……本來我還想拖到黑頭回來處理。他才是專家，有專業的一套SOP。我不知道要面對什麼……如果不是死人呢？

但是我就是抗拒不了親情梗。

「我去準備一下。」我嘆氣。

當然，我不會蠢到跟他一起騎腳踏車回家……我不年輕了好嗎？我叫了計程車。

小折說，他爸媽最近工作都比較晚，大約要八、九點才到。我懂，年底嘛。結果到了他們家的管理室，正好聽到有人在抱怨某棟的電梯燈光閃爍、每層都停。

「……就是那個電梯。」小折的聲音又開始抖了。

外面沒有什麼異樣。甚至我沒看到半個死人。我將黑頭吹牛說是壓箱底的強力護身符給了小折，讓他去管理室等，他卻非跟我進電梯不可。

我告訴他，萬一出事，他只能尖叫著喊救命當豬隊友，不會有半點幫助。他才放棄，卻還是堅持在電梯外等我。

果然是在電梯裡。好強烈的味道。

我很難形容那種味道……發酵的狗屎？嗯，應該還摻上了漂白水和一點人工香精，非常莫名其妙。

但是我看不見。

我先試著「鎖」。臭味淡了些。但還是什麼都沒看到，這下我真的抓不到頭緒了。

電梯已經到頂樓，電梯門打開。是有幾個死人出現在我眼前，卻飛快的逃開了。

我不懂。

只好先將「鎖」撤了，我在想是不是鎖得太徹底反而進不來之類的……等等。

在陽氣如此聚集（入住率過九成）的嶄新大樓裡，為什麼會有死人亂晃？這不合理。而且都集中在電梯附近……

心裡喊了一聲糟糕，果然就糟了。

從電梯頂端和下方瘋狂湧進了大堆的死人，將整個電梯都塞滿了。電梯瘋狂響起超載的嗶嗶聲。

釘孤支我在行，以一擋百……我的才能不是當烈士。感覺真差，薰死人了。而且我非常討厭被冒犯，若不是揍不完，我真想全撕了。

真可惜我是個普通的活人。幸好我有最後手段。

按在電梯的鏡子上，「揪醬！」

我的「準備一下」就是這個。讓我常常照不出身影的鏡子裡，棲息著一個養傷（身心靈）的鏡中居民，這也是「女士」給我的獎賞。

他死都不告訴我他的名字，我當然以我自己的喜好叫他「揪醬」。

其實我不知道他到底是什麼性別。就像我不知道「女士」到底是不是女士。

他倒是立刻應了，鏡子發出讓我閉上眼睛也不能避免光盲的光芒。在如此強烈嚴厲的強光下，原本滿得我快吐出來的死人們，哀號的瘋狂從縫隙逃逸，電梯也猛然停止了。

我有幾秒鐘什麼都看不見，劇烈耳鳴，把頭抵在鏡子上好一會兒才能站穩。

這就是為什麼不用「女士獎賞」的緣故。他們的邏輯跟我等凡人南轅北轍，往往是敵我不分全誅的大殺器。

嗯，裡頭什麼都壞了，包括緊急呼救。我在黑暗中規律的敲著電梯門，最後是小折和警衛將電梯門撬開，將我救出來。

這真是我人生難得的重大挫敗。

雖然拒絕，我還是被送上救護車，丟人。小折還陪我到醫院……明明沒什麼事的。

我承認，惱羞成怒了。手機應該掉在電梯裡，我一秒也沒耽擱，拿了小折的手機就撥給黑頭，告訴他，他不立刻去處理……就看著辦吧。

然後我就因為鎮定劑發作，睡了個不醒人事。之後的詳述，是小折處理的。

出了這麼大的糗，黑頭卻沒花多少時間就處理好了。

這居然不是天災，而是人禍。

黑頭說，之所以處理的這麼快，是因為爆破而曝露了。

電梯有個壓克力做的告示板，由管理委員會放些告示或廣告。不知道被什麼東西炸開了，露出一個文件夾，包在一個塑膠袋裡。

裡頭是包不知道什麼的灰、一束頭髮、一串紙人，塗著黑褐色，不知道是什麼東西的血等等亂七八糟的東西。

黑頭認為這是某種魯班術，事實也證明如此。他也沒辦法，轉給一個專家拆炸彈了。他說，應該是某個粗通此術的技術工被得罪了，懷恨在心，才下了術。

遠早的台灣蓋房子都不敢得罪木匠或石匠，我也聽說過類似的故事。

只是這不能讓我感覺好一點。

我最恨這種人，不敢當面翻臉卻陰惻惻的陰人。陰就陰吧，你不該利用別人躲在一旁裝無辜……哪怕是一群死人。要知道，他們也曾跟你我一般，都是人類。

敢做就要敢當。

黑頭倒是很有義氣，發揮他私家偵探的才能。我真心覺得他將來退休了可以改行開徵信社。

他追查到了是誰下的符，也搞清楚來龍去脈。

建設公司跟底下的包工起衝突，認為包工沒把裝修弄好，最後扣了不少錢。那位工頭懷恨在心，就下了術，而且還很細心的等住戶入住得差不多了，隔了幾個月才引爆。

但是很遺憾，我沒辦法親手揍他了……那個工頭已然暴斃。

雖然我很不爽，可他終究敢做又已經當了。

喔，我並沒有就此害怕電梯。怕電梯好些年的是小折。其實他會第一個反應，只是他終究被異類看上過，依舊在童年的尾巴，所以比較敏感。

長大就好了。

可年輕人就是體力好，聽說他感覺不對的時候，會爬樓梯……二十樓。

現在他上了高三，功課壓力終於凌駕於一切恐懼，偶爾他有氣無力line我時，告訴我比起電梯，模擬考可怕多了。

我想也是。

之九 紅線

每個人都應該知道月老（月下老人），對他的故事也多少知道一點，那怕現在是二十一世紀。

誰讓台灣除了西洋情人節、白色情人節，還有個七夕，一年要過三個情人節，非常多情。月老繫紅線的故事口耳相傳。

老講喜歡神故事，請過長假跑去東北尋訪仙家。據說時間太緊，只見到胡三太奶的出馬弟子（黑頭熱情推薦），但回來也津津樂道好久。

只是他專注的地方很奇怪，像是月老傳說，他收集了很多，但是關心的卻是紅線到底繫在哪裡。他發現，有繫在小指的，還有繫在手腕的。居然還有傳說繫在腳踝的。

……我不明白他研究這個幹什麼。

大概聽他說多了，頭回看到紅線，我第一個念頭居然是，果然是繫在手腕。繫在小指一定疼，繫在腳踝那不摔都沒道理了。第二個念頭是，咦，應該是紅繩不是紅線啊。哪有這麼粗的線。

回過神來都想唾棄自己。

話說從頭，大概離電梯事件沒幾個月的事吧，已經是夏天了。

那時候我很忙，一口氣打了三份工。有個學長要緊急開盲腸，工地缺人，我剛好有乙級執照，所以去幫幾天忙。誰知道他遇到機率很小的感染事件，結果拖了快兩個月才出院。

偏偏我晚上還替另一個出國度蜜月的朋友看酒吧，同時還在趕張設計圖，事情通通湊在一起，完全是焦頭爛額狀態。

那天我非常疲憊的回家，時間已經是深夜。猛然有「人」撲上來，立刻劈啦一聲，連帶一聲慘叫。

當然不是我慘叫。在我這麼累的時候，實在提不起勁打架了。不管應付活人還是死人，電擊棒都是很好用的。

藍色的電弧總是那麼迷人。

眼前出現的是個異常憔悴的中年太太……大約五十多歲吧。當然，是生前的年紀。基於原則，我想柔性勸導，結果她沒給我這機會。

明明被電得很慘，她還是一而再、再而三的撲上來，逼得我必須避開她。

我正想發脾氣，結果她哇的一聲大哭起來。「燒不掉，燒不掉啊……」然後捧著手嚎啕。

雖然感到煩躁，我還是盡量忍住怒火，看看是不是將她傷到不可回復的地步。

然後我就看到她意圖燒掉的……紅繩。

「這是？這是傳說中的，紅線嗎？」我非常不可思議的問。

這位太太哭得可慘了，點了點頭，「燒不掉，連您也燒不掉……怎麼辦才好呀？」

……那是當然的吧!!我可是普通的活人!!

「這種事妳該去找神明吧？」我強嚥了一口口水，將火氣盡力壓下，「我聽說，你們這樣死掉的人，其實是有專線可以跟神明對話的。」

可能……吧？

「沒用的。」她啜泣，深深躬了腰，「對不起。打擾了。」然後轉身飛奔了。

我只滿頭霧水兼莫名其妙，並且被耽誤了稀少的睡眠時間，非常不爽。

她如果不是女人，我就揍死她。

這件事情很快就被我拋到腦後。在我累死之前，小混蛋酒吧主回來了。我先把鑰匙扔給他就回家大睡一場。現在就剩下工地和設計圖，不是那麼抓狂了。

那陣子工地很忙，忙到我這個臨時監工得下去幫忙搬磚扛水泥。除了實在太熱，我倒覺得還好。什麼都不想的專注於體力勞動，有時候挺有趣。

結果我正試著將沙和水泥混在一起，全身泥濘、狼狽不堪。一個纖塵不染、白衣賽雪的小姐，拿著一把合著的黑雨傘，走進熱火朝天的工地，怯生生的站在我面前。

我本來以為我中暑了，出現幻覺。

忽然，她啪搭一聲跪在泥地上，「大師！求求你大師！幫幫我媽吧！」然後就哭了起來。

原本吵雜的工地有一瞬間安靜的只有打樁的蹦蹦聲。

……大師，大師你妹啊大師！

天知道我強忍著怎樣的羞恥，聽著臨時同事竊笑著讓出辦公室。瞪著裙襬髒兮兮的小姐。她如果不是女人我當場把她揍死……

咦？這種感覺好熟悉。

我抹了抹臉（掉下一些水泥渣），沒好氣的問，「妳媽呢？」

小姐吸了吸鼻子，我沒好氣的抽了面紙給她。

姑且叫她小魏吧（化名）。

她的母親已經過世七年了，就是那天來找電的魏太太。其實死者若不是有極大的執念，很難得在世間滯留。魏太太並沒有那麼強大的執念，而她能強留七年已經是極限。

魏太太本來不想打擾女兒，但是她實在急得沒辦法。一來是她非去陰間報到不可了，二來是她老公快死了。

畏懼太陽，躲在黑雨傘裡的魏太太非常激動的說，「我要離婚！一世就受不了了，哪有辦法再跟他當三世夫妻?!我絕對不要！」然後開始cosplay孟姜女了。

據說魏太太跟魏老頭緣定七生，這世是第四世。

表面上看起來很感人，可惜魏太太死了後回憶只有毛骨悚然。魏老頭不管輪迴幾世，都沒改掉酒後毆妻的惡習。雖然事後會懺悔、待魏太太格外的好，在外人看起來真是恩愛夫妻，但是灌了幾杯酒，又瘋狂變身了。

魏太太每一世都想擺脫當沙包的命運，可惜每一世都沒有成功。因為月老幫他們牽的紅線異常堅固，保用期足足七世。

……我深深覺得月老很不靠譜，是個老糊塗。

魏太太跑來找我，就是聽說我非常凶猛（是哪兒聽來的這種不實謠言？），抱著萬一的希望，差點被電得魂飛魄散，紅線卻毫髮無傷。

只好托夢給小魏。她們母女倆感情很好，聽她媽說來龍去脈，在夢中跟她媽抱頭痛哭。醒來就開始想辦法了。

母女倆倒是沒被騙錢，找到的也真的是能辦事的人……可惜不能幫她們辦事。據說婚姻司擁有治外法權（吧？），沒誰拿他們有辦法。

結果不知道哪個嘴巴特別欠的，暗示她們去找某個「特別凶猛的陽人」看看。

……我現在特別懊惱看不到神明。好想揍人怎麼辦？

「太太，小姐。」我設法讓表情柔和點，「我怎麼可能有辦法？我只是個普通人。」

她們倆只用祈求和信賴的眼光看著我，並且雙雙聲淚俱下。

我真有先見之明。一進來就「鎖」了。不然外面努力偷聽的活人不知道該腦補出什麼樣的情節。

最後我讓她們晚上再來，順便打電話給黑頭……結果這王八蛋居然在東南亞某地跟什麼法師「玩」。

很好。怎麼辦呢？

仔細端詳魏太太手上的紅線，像是個手環似的套著手腕，一端的線頭卻融入空氣看不到了。我猜因為這是神明的東西。

但是戴在魏太太手上的紅線，我摸得到。

基於我多元化的打工，我工具滿全的。首先我用剪刀……果然沒用。從剪鉛線的到剪鋼線的，最後動用了能切斷鋼筋的油壓剪……

紋風不動，連劃傷都沒有。

我越來越煩躁，越來越沒有耐性。小魏怯怯的問我能不能用廚房，我也很不耐煩的隨便說好將她打發了。

乾脆把手切掉算了。這可能是唯一解。可我不知道這麼做，她來世會怎麼樣。

然後我看到，紅線上面一些的手臂，有個奇怪的疤痕。圓形的，小拇指頭那麼大。好一會兒我才反應過來，那是菸疤。

很多，很多。

我將魏太太一直遮著大半張臉的頭髮撩起來，非常可怕……一隻眼睛腫得幾乎睜不開，臉腫得底下像是有液體在流。

她都死了七年了。還是沒辦法忘記臨終時的傷痛，才會顯現出來。

「……妳是怎麼死的？」我不由自主的問。

她摀著嘴，拚命搖頭，聲音嗚咽的細聲說，「……不要跟我女兒講。他不只是打我，還打我的寶貝。萬一她知道我是怎麼死的……她會很痛苦傷心的。她已經夠可憐了。都是我的錯……我早該擺脫掉那惡魔……」

我不敢細看她。我不敢知道，她到底還有多少傷，是怎麼被毆致死。但我知道一點。

該把手切掉的絕對不是她。

這時候小魏做了晚飯。我雖然不大懂這個，畢竟還是跟黑頭混很久了。所以我奉請，好讓魏太太能跟我們一起吃飯。

小魏沒有淨眼，看不到魏太太。可能是母女天性吧，她總是茫然的望向魏太太的方向。

聽到魏太太跟我們同桌吃飯，她高興得哭出來，替魏太太的碗夾滿了菜。

這頓飯我食不下嚥，幾乎想奪門而出。

我最受不了這個。

雖然不敢隨便動用「女士獎賞」，但是拜託揪醬替我監視一下那個據說快死的魏老頭，還是辦得到的。

結果他活得比我想像的久，設計圖交出，學長出院上班，我都不耐煩了。

我承認不該這麼做，但我在陰差到來之前，將死掉的魏老頭劫走了。

異常愉快的，將他的手切下來。他的慘叫真是無比美妙。

紅線脫離了他空空的手腕。

我儘可能的照魏太太大概受過的傷複製了一遍，他不斷哀號求饒，甚至將原本要給私生子的所有遺產都給我，我也沒有動容。

比起那些，我更願意讓他受苦。

很可惜只整了一遍他就差不多散架了。沒辦法讓他徹底體會魏太太經年累月的被家暴。

原本我想讓他沒來世，但是黑頭該出現不出現，不該出現他就出現了。

聽說某陰間公務員托夢給他……幹嘛不托夢給我？

很不甘願的把魏老頭交給他，他掂了掂葫蘆，表情放鬆了一下，只有一下下。誰讓他把葫蘆晃了晃，當然只會有沙沙的聲音。

「……你到底把他拆多碎啊?!」他聲線都歪了。

我拒絕回答。

魏太太手上的紅線消失了。黑頭擺壇超度讓她好走。小魏一直抹淚，哭得很淒涼。

我拍了拍她的肩，然後小魏撲進我懷裡。

可惜她哭完就道歉了，然後男朋友來接她。

這下子，換我感到有點淒涼了。

黑頭拍了拍我的肩，我給了他一拳。

之十 小七

老講說過這麼個靈異故事。

有間位在山區的小七（便利商店），某天晚上，有個女人進來買了茶葉蛋，遞了一張大鈔，店員低頭找錢，抬頭人已經不見了。

那張大鈔，居然是張冥紙。

其實根本沒說什麼，深受過心靈創傷的小胡已經尖叫了。

「這是不可能的。」我淡淡的說。

因為我在小七長長短短打過工，店員有私下的討論區，交流甘苦談。知道小七要值大夜班吧？真正值得驚嚇的不是遇到鬼，而是總有夜遊的青少年臉色慘白的衝進來買菸買酒，付錢的手拚命抖。

鬼沒嚇到大夜班，倒是被這些夜遊青少年嚇得夠嗆。

眾多靈異故事中，小七往往是配角。不管是多麼凶猛的鬼，只要衝進小七待到天亮幾乎就暫時沒事了。

很神奇，到底是為什麼……我也不知道。

因為我對那些飆車或夜遊感覺很差。我之所以會在小七打工，就是一個朋友的姊姊在中部某家小七當店長，那家小七飽受飆車族和夜遊族的騷擾，雖然叫了警察，可在那之前已經被打了。

那陣子我剛好很閒，就答應在找到下個大夜前去代班一段時間。

倒沒怎麼了，坦白說，這些身虛體弱的飆車族，我一個人揍一打也沒問題，何況不到一打。

因為他們都超過十二歲了，所以我很愉快的「教育」他們一番……嗯，我也不想惹麻煩，所以不到送醫院的程度，他們還能把車騎走呢。

只是我把收繳的棍棒刀械扔去資源回收筒了。

之後他們就識趣了。人類嘛，總是欺善怕惡的。我能理解，但沒辦法原諒。只要他們還想接受「教育」，我是不吝惜力氣的，可惜他們看到是我，就收斂了，讓我很遺憾。

當時我所在的小七，很神奇的在半山腰，往上有個墓園。但也不是什麼陰森可怕的地方，應該說還滿規矩的。再往上有個很大的公園，附近還有學校。

這家小七成了夜遊青少年和飆車族必經之處。

半夜的生意還挺不錯的，我以前也在小七打過工，沒什麼適應的問題。只是……我真心覺得晚上還是睡覺的好，出來夜遊難免太恍惚。譬如說：

「先生，麥香堡套餐。」

……麥當勞在山下。

「拜託幫我微波一下。」

……放在櫃台的是一根冰棒，你手裡拿的是便當。你確定嗎……？

「欸欸，你怎麼忘了給我吸管？」

……你拿的是泡麵，衛生筷我已經給你。

「一杯冰拿鐵不要咖啡！」

……你的意思是不是不要冰塊？

諸如此類。我非常想叫他們回家睡飽了不要出來夢遊。

不知道為何，姊姊店長非常滿意，希望我繼續做下去。明明我在顧客中評價不是太好。

但我婉拒了，讓她趕緊找人。老講因為血壓太高住院了，雖然很快就出院……但我還是覺得有點想家。

就在姊姊店長找到人前兩天，那群被教育到臉熟的飆車族突然臉色蒼白不斷發抖的衝進小七，買了菸立刻撕開包裝，被我嚴厲的制止，「去外面抽！」

然後他們就一起哭起來，驚恐的。

幸好店裡只有他們這些人，不然恐怕會被投訴。

最後我悶悶的陪他們去門口抽菸。

我知道他們為什麼這麼害怕。遠遠的一群「人」忿忿的瞪著這邊，大半都穿著壽衣。我也瞪回去，那群「人」僵住了，不怎麼甘心的走回去，邊走還邊回頭。

其實，會在路上徘徊的死人，通常都是有大執念，數量也絕對比活人想像的少。少到什麼程度呢？大概跟台北街頭想看到外國人那樣的數量吧。

墓園的逝者並不是這樣。他們通常是很安靜的沉眠，也沒什麼大的怨氣，通常就是在等班車走。據黑頭說，因為出生率不斷下降，所以，等班車的人就比較多。

但他們是篤定會走的，所以也就向來很平靜。

會搞到這樣大遊行必定有原因。

「你們到底幹了什麼？」我問。

之後我非常後悔多問了這一句。因為他們撲過來七嘴八舌的說了他們恐怖至極的經歷。

他們不知道哪根神經燒了，居然半夜三更去墓園，抄、墓、碑。

最後嫌用抄的太慢，嘻嘻哈哈的用手機拍墓碑，甚至很白目的踹墓碑，大聲的說，「出來啊出來啊！哈哈哈，世界上哪有鬼……」之類。

突然，我一點也不想管了。

如果有人跑來我家門口喧譁的拍照，還踹我家鐵門，口出不遜……我一定會把他們揍的他們媽媽都認不出來。

我讓他們天亮才滾出去已經很佛心了。

第二天晚上，他們又來了！

每個人的臉色都更難看，恐怕是晚上都沒睡覺。怎麼趕都趕不出去，哭著喊著求我救他們。

……救你妹啊！

我正在捲袖子，他們哭訴被鬼跟了一天，進了小七才沒跟著。

半信半疑的，我跟他們出了小七，然後全體爭先恐後躲在我背後，「有沒有？有沒有!!那股涼風～」

對啊，就是風，什麼都沒有。你們以為死人很閒嗎？以為只有你們會抄墓碑？拜託，這裡是學生最多的城市，這代表中二特別多。交通最方便的就是這個墓園……每個都要追蹤到底他們哪來那麼多時間啊？

這個真心我不會。真正的死人早回去補眠，這種鬼太強，名為「疑心生暗鬼」。

但我早就知道，他們絕對不相信。我遇見過的案例可多了。

「其實這不難辦。」我板著臉唬爛，「知道為什麼『那個』不敢進小七嗎？」

「為什麼?!」這群飆仔異口同聲。

「既然你們誠心誠意的問了……我就大發慈悲告訴你們吧。因為小七有open醬。」

沒想到他們立刻相信了，並且想抱走店裡的open醬。

「沒用的！open醬在小七才有用。」我盡量將臉板得更嚴肅……省得笑出來。「要在小七之外也能保護你們……只有close醬了。我們店是沒有，但我知道市內有些小七是有的。」

他們一窩蜂的跑出去。我跑進後面的倉庫笑歪。

這件事情我很快的拋諸腦後，並且交接後離開那家小七。

幾個月後，姊姊店長囧囧的傳了line給我，說有幾個顧客來店裡大感恩，千拜託萬交代一定要把這個連結給我。

那是某篇網誌，訴說抄墓碑遇鬼的恐怖故事，最後得遇高人，教了一個辟邪法，從此平安順利，考試都一百分了——大推close醬。

網誌上的照片顯示了第一代close醬：因為close醬是同人作，非常不好買，他們買了open醬，在他彩虹帽子上寫了「close」。

最後他們還是花大錢輾轉買到原版的close醬了。

我沒辦法看完整篇文章……因為恥度太高了。

被他們這樣感激涕零，我真心感到無比的羞恥。

之十一 義工

在對岸，有種介於靈異和奇幻的題材一直很熱門。

從「道士」開始，捉鬼人、民間道教、養蠱、出馬弟子……最後連賣棺材的都有家傳的神奇手段。

台灣也常常見到轉貼……呃，雖然是非法轉貼。雖然常常被朋友罵是「潘仔」，看到合意的我也樂意花點小錢去看正版的。

畢竟這種故事當封神榜、西遊記之類看是很有趣的，至於真相……別追查了。別忘了有個可怕的文化大革命，牛鬼蛇神都被清算呢。

當然，除了黑頭，台灣的高人我不認識半個。甚至，我也不太清楚黑頭的真正能耐。

一般人大概都不曉得台灣有烏頭齋公，更不清楚他們在幹嘛。我知道的就是，黑頭對死人挺有一套，雖然他沒有陰陽眼。交遊甚廣，案子接到手軟，還能挑挑揀揀。

他自己辦不了的時候自然有群內行朋友幫忙。只有很少的幾次會拜託我，往往都是因為對手太暴力——雖然在我眼中不算什麼。

不過我們一直都是媽吉。我知道他有點悚我，但是也沒因此疏遠。明明有很多困難的案子找我可能比找誰都快，可是他知道我對那些沒興趣，所以都盡量不麻煩到我，不因為能力越大他就會理直氣壯的要求我出面拯救世界。

難為他能容忍我的頹廢不作為、暴躁壞脾氣。

所以他的要求我很少駁回。

這事情是在我交給他一葫蘆碎成渣的死人後發生的。

過了幾天，他上線密我，「阿九，你老這樣不行。如此藐視一切……總有一天你會死。你想過沒有？」

我知道他的意思。現在我很囂張……對死人和陰間公務員很囂張，將來落魄的時候絕對很慘……死後絕對慘。

「我不在乎。」是真的不在乎。我很難告訴別人我的感受，溺水到「那邊」之後，隔了那麼久，我早已成年。但是那種滄桑感還是環繞著我。實話說，活人死人在我眼中，其實相差不多。

我對陌生人還是缺乏感情，只有原則。

成為朋友，在現實的範圍我會看心情幫忙。讓我兩肋插刀只有為數很少的媽吉。

對於陽間，我並沒有太多眷念。

「你要在乎！年紀輕輕幹嘛一副看破紅塵的樣子?!」大概是在網路上，黑頭很放心的幹譙了幾句，「你考慮一下吧。其實有合理合法的途徑。」

「我不考慮。」第一時間我就拒絕了。以前他就提議過，其實不用到領旨辦事之類，就算是個虔誠的信仰也好，最少我下重手時，有靠山可以放心囂張。

但我不想。最討厭欠人人情了，哪怕是神明的人情也不要。而且抱著功利的想法去信仰……那還叫做虔誠的信仰嗎？

或許有一天我會因為對某個神明很有好感去信仰祂，但絕對不是這種變味兒的信仰。

「你怎麼這麼牛？不，你就是條牛！」黑頭大怒的下線。

我聳聳肩。反正黑頭的氣都不長，很快就自己好了。

過幾天，大夥兒相約去老講那兒喝茶，黑頭果然就跟沒事人一樣。小朱一如往常的抱怨工作辛苦，小胡開始講乘客分享給他的鬼故事。

毫無意外的，開始離題，老講興奮的給我們看進香的照片，小朱開始吹他國小的時候扮童乩的事。

跟他同個小學的我立刻吐槽，「明明是陣頭。」國小畢業就不能幹了，得意什麼。

「你明明是嫉妒！」小朱大怒，「我也發（起乩）過好不好?!」

「明明是恍神。發什麼發？周潤發喔？」

「你這陰陽怪氣的古董！」小朱開始捲袖子，「這年代誰會講周潤發啦！」

最後當然是沒打起來，因為話題又開始跑偏了。這四個都是廟會咖，只是輕重問題。老講喜歡神故事，沒事愛跑廟，自然喜歡廟會。小朱最愛的吹牛材料就是他畫臉當陣頭的小時候，所以不意外。小胡是單純愛湊熱鬧。

黑頭因為職業的關係……好像也滿理所當然的。

還有，不要忘了，我們都是草根的憤怒青年，略帶文青氣質。對廟會當然有特殊情感。

其實我不算。但他們知道我每三年都會去迎王，背後的理由沒讓誰知道。自然也覺得……我也是個廟會咖。

黑頭說，有個村子的廟，暌違三十年，終於要作大醮了。因為是個很小的村子，媒體當然不知道，所以只有在地人主辦。但人手不夠，又不想請職業的來，問問我們要不要去。

老講很沮喪，他為了芽媽祖已經把假給請完了。小朱滿腔恨意，因為他不要說非假日，連假日都必須去公司賣命，去不了。小胡是時間衝突……他阿公大壽。

「……我不去。」突然有種濃重的危機感。黑頭一定有陰謀。

結果幾個去不了的人七嘴八舌的苦勸。我知道他們很想去，因為這種小村莊的大醮更貼近傳統、更嚴謹、更有廟會的感覺。

已經越來越難得，見一次少一次了。

我很想把他們一起揍一頓，只是最終沒有揍下去。

「去了也沒用。」聽黑頭說要去抬神轎，也就是當轎班，我更煩躁了。「不會准的。」

「誰說的？」他還是很熱心，「虔誠感動天。他們廟裡也有陪祀王爺。」

……我不是王爺的信徒。同時，有種深深的不妙感。

這是我一輩子不會說出口的事情。

每三年我都會南下，對吧？參與迎王，事實上是見見小女生。但是我……真不願意欠人人情。

小女生是我帶來的，麻煩到神明了。那麼，我也該付出什麼才對。

當地有很嚴謹的轎班制度，事實上不太喜歡外地人……因為當地轎班不但是終身制還是世襲制。

仔細考慮後，我覺得我可以，轎班老大也同意了。但是……王爺不同意。

我連擲了三十二個笑筊。

……別人是榮獲三十二個讚，我是榮獲三十二個王爺的「笑而不答」。

轎班老大遺憾的拍了拍我的肩膀，「沒緣分啦，可惜。」

最後我還是設法還神明人情，成了清潔義工。我對掃地撿垃圾並沒有特殊愛好，至少當義工不用擲筊。

不妙，很不妙。

最後我自暴自棄了……大不了沒筊的時候再次拿起掃把和抹布。清潔義工三年幹一回，這我內行。

那村子離台北開車的話不遠……比起小女生那兒可近得跟隔壁一樣。

只人口外流得很嚴重，村子裡不是老人就是小孩，年輕人很少。廟也很普通，甚至有點土，可據說蓋了七、八年才蓋好。工程斷斷續續的，有一點錢蓋一點，都是村子的人奉獻的，規模也不大。

但是因為睽違三十年的大醮，整個村子都沸騰了。待了兩天我才知道，這些不多的年輕人，都是請假回來的。雖然在村人的心目中，神明和大醮都很重要，這些年輕人也在乎。

可真沒有哪個公司行號有「廟會假」。在生活壓力下，有這些年輕人已經很好了。

我們住在黑頭的外公家。

「不是有職業的嗎？」偶爾被那群損友拖去廟會，我也看過職業轎班。

「麻煩。」黑頭沉默了一會兒，苦笑。「阿公堅持沒有錢。有錢也寧願讓我們吃好一點……這是我們村的大醮，當然是我們這些少年欸該扛的。」

他的眼神閃閃發亮。

……隨便了。

轎班的陣容總算湊齊，我也算一個。結果在擲筊的時候遇到大麻煩。別人都很順，到我的時候，怎麼擲都沒有筊。

黑頭震驚了，「你明明一直在幫忙。」

我不想回答。

他不服氣，跟神明槓上了，連連擲了三十三個筊，才得到一個聖筊。

「這樣行嗎？」我嚴重懷疑了，「不是要連三……」

「住口！」他凶了，「當然行！」

我覺得神明可能不喜歡我。這事實讓我感覺鬱悶。

當然，事實不是這樣。怎麼說呢？嗯，觸到轎桿後，什麼都不一樣了。

一切的一切，都變成了慢動作。緩慢的鞭炮邊炸邊揚，扛著神轎的每一步，都非常的緩慢。我能看到自己的腳緩緩抬起，然後重重踱下。

空氣中的香、硝煙，帶點辛辣似的後味。每個人的表情，虔誠而專注，在囂鬧中看起來卻是那麼寧靜。

黑頭在最前方大喝，我等轎班隨後呼應。

我聽到自己胸腔振鳴，發出自己都沒想到的，巨大的呼聲。

還是，見不到神明。見不到就很容易懷疑。但是我想，或許現在，此時此刻，我踏在神的領域中。

一踏，一步。在眾人洶湧如海潮的心願之下，肩負著神轎前行。

我頭一回在看不見的神明面前，真心誠意的低下頭顱。

或許有一天，我也會有信仰。不是為了向神祈求什麼。而是為了現在，這麼不可思議的經歷。

這場大醮很平安的結束了。走了很多路，非常疲憊，但心靈卻很寧靜。

黑頭也很滿意。「本來挺擔心，果然叫你來是對的。太猛了啊，群邪辟易，都不用麻煩到我們公爺。」

……你到底把我當成什麼？

我開始捲袖子。

「喂！人生難免一死沒錯。」他沒有回頭，「活著時候就要好好活著，死了以後也別放棄。不要讓我們，太難過啊。」

我就知道完全是黑頭的陰謀。

他死活把我拖來扛轎，就是因為，神明總是比較優待為祂做事的人。生死有命富貴在天，神明管不了太多。但死後，能得神明垂憐，最少我受虐的可能比較少。

嘖，就說我不想欠人情。

「囉唆。」我給他肩窩一拳，「三十年後我若還活著……再找我來吧。」

他掉眼淚。

「九哥……我覺得我的肩骨可能碎了。」

我拒絕回答這麼沒常識的問題。明明我力道控制得很好，頂多有點淤血罷了。

那天的火燒雲，燒得非常華麗，特別的好看。

之十二 淨眼

雖然我比較習慣說，「淨眼」。可是大家都比較習慣稱之為，「陰陽眼」。陰陽眼就陰陽眼吧。

在許多經典靈異故事中，通常都會有個「強者我朋友」。比較尋常的身分是「看得到鬼」的普通人。後來慢慢升級，「強者我朋友」身分越來越高深，有在修的道士，甚至靈山派的師姐，但是最普遍聽起來比較可靠的，反而是乩童。

我猜跟在地傳統文化有關。像我們這種年紀甚至再小一輪的，似乎已經遺忘了在地民間信仰。不過，我們這代以下的，有太多是爺爺奶奶外公外婆帶大的。

所以，在兒時懵懵懂懂的時候，很可能我們拜過某個神明當乾爹乾媽，甚至在某個昏暗、冒著檀香的神壇前，昏昏欲睡的被收驚。不管外界觀感怎麼樣，看到很囂張的八家將時，多多少少還是心底有一點點羨慕吧？

這些回憶可能沉眠，事實上卻很難遺忘。

所以一碰到這類靈異故事，只要那個有陰陽眼的「強者我朋友」是乩童，大半的人可能不相信乩童，可是會熱衷這個故事。

可惜的是，據我所知（好啦，據黑頭所說），真正會辦事的人，通常不具備這個特殊才能。他甚至提出許多大廟的常駐乩童，退駕後也是普通人一個，完全沒有什麼陰陽眼。

這跟我所知道的暗合。

不過凡事都會有例外，我也的確認識一個曾經既是童乩又是陰陽眼的傢伙。

那就是我的損友兼媽吉小朱。

在還沒溺水之前我們就是打打鬧鬧的鄰居，打小一起長大。他大約九歲的時候被選為童乩，附近的小孩可羨慕慘了，當然包括我。也因此，我們有段時間交惡。

但也是他將溺水失去意識的我，硬從河裡拽出來。到現在我的腳踝還有淡淡的手印，他的手臂也有無法消除、像是被抓握過的疤痕。

我欠他一條命。而且，不知道是否看到什麼不能看的東西（或地方），他從此以後就成了陰陽眼……一直到他卸任童乩後才慢慢消失這種能力。

所以我很容忍他，在我最狂傲酷霸跩的青春期，面對他都會硬把高昂的怒火和暴躁壓下來。

但是他很討厭我這樣，國中時沒少跟我打架。

他還擁有陰陽眼又同時是童乩時，可囂張的勒。雖然我常提醒他，是陣頭不是童乩。但是他們那五個小學生組成的「陣頭」，卻常常發（起乩），可以說是界限很模糊的。

通常有大人很小心的看顧，一但「發」起來都會趕緊攔抱阻止。這種情形聽說叫「闖陣」之類的……其實我也不懂。

那時候他最喜歡拖我去探險，做了許多死小孩才會做的事情，現在想想真是膽戰心驚。當時我還是個小孩，武力不夠出眾，真奇怪我們居然沒事。

我猜是沒遇到大咖的，而且小朱的主神很夠力。

雖然感到很厭煩，還是默默的讓他拖走。所幸小朱上國中就卸任了，順便把陰陽眼的能力也給卸了，真是謝天謝地。

可見陰陽眼的能力是有可能衰減的。能維持一輩子的人很少很少。

當時年少的我還是比較喜歡獨自面對死人。有小朱在，太不方便了。我終究是比較清醒的，不會去招惹惹不起的……比方說整群。我更不會到處去宣揚自己有陰陽眼。

小朱就因此吃了不少苦頭。雖然說他的行為很幼稚，為的也只是炫耀，但他的確幫助不少人。結果有什麼好結果嗎？沒有。

因為，凡人看不到死人啊。他們要不就用恐怖的目光看待小朱，要不就說他是神經病。略有靈感的人可能知道小朱為他們做什麼，但是不相信他做到了。

活人是非常喜歡給自己疑神疑鬼找心魔的。

幸好小朱天性活潑開朗，沒落下什麼心理陰影，只是多了個喜歡靈異故事的毛病。也是被他影響，我也開始喜歡這種不可思議的故事——當時我心中實在太多疑惑了。

那時我們還共組了個奇摩家族，專門聚集喜歡鬼故事的人。

小朱沉迷的程度比我深。那時他陷入人生最大的打擊……他那有求必應的老爸，拒絕他參與八家將，還把他痛揍了一頓，他有點自暴自棄了。

我知道他還懷念那段畫臉扮陣頭的時代。雖然操得很辛苦，但是帥，帥慘了好吧?!現在我們回頭看會啼笑皆非，但在當時可是很嚴重很痛苦的大事。

他轉移沮喪和痛苦的辦法就是非常用心經營奇摩家族，到處去收集可怕的鬼故事，招募會講鬼故事的人。也是在這種情形下，他加入一個祕密的族群，最後把我也拉進去。

那是一群自稱有陰陽眼的人設立的祕密家族。

一開始，我並不太在意。嗯……陰陽眼對我來說根本就不是大問題，一上國中，我個子猛長一截，武力暴增，若不是有「女士」管著，我早痛揍所有看得到的死人了。只有他們怕我的，絕沒有我怕他們的。

當時我也忙……忙著跟活人打架。雖然師長對我都相當無言，搞不懂這個不良少年是怎麼名列前茅的。其實我也納悶，上課有專心聽，為什麼能考不好。

每次聽我這麼講，小朱都會揍我。我的目光可以讓最可怕的死人瑟瑟發抖，但是對小朱一點用處都沒有。

咳，我離題了。

總之，我有點興趣缺缺的讓小朱拉著去了那個祕密家族。在我看來，實在很幼稚。充滿了莫名的恐慌和奇異的幻想。當中真正有陰陽眼的是麟角鳳毛般的存在。

小朱記吃不記打，很熱心的分享如何避免死人帶來的傷害。明明理他的人不多。人家需要的是更聳動、更眼花撩亂的手法……他的手法太樸素也太簡單，誰會相信啊。

我依舊用看「愚蠢的凡人」的目光看待這群陰陽眼（？）。

真正有陰陽眼的人，其實根本不會跳出來大嚷「我是陰陽眼！」瞧瞧小朱，他那麼天真，還不是吃過虧以後就學乖了……好吧，不是那麼乖。

這個在我眼中很愚蠢的家族，居然維持到我上大學。殘存的也沒幾個人了。

那時我正在追查「鏡中居民失蹤案」，正在各大討論區設法找到蛛絲馬跡，自然也去了那個家族翻討論區。

剛好有個很熱門的討論，有個人在訴說陰陽眼給他帶來的痛苦，底下有人七嘴八舌的給他建議。

我一時手欠，建議他去看醫生。

其實這種能力，不要比較好。那根本不是活人該有的，除了痛苦，什麼也不會有。因為，一般人只能乾看著、白被嚇，然後什麼也不能。

但是除了驚嚇，還能有什麼事嗎？其實也很少。畢竟，被活人所害的數字遠遠大於被死人所害。我個人認為活人比較可怕。

談起抓交替，人人色變。但是沒有抓交替的情況下，死了幾千幾萬倍的人，你知道嗎？

很多人都是被自己嚇死的。

那為什麼不把這種沒用的能力掐斷呢？直接去看精神科。哪怕醫生不能給你太大的幫助，但是「相信自己會痊癒」這種信心，很類似信仰，是有可能痊癒的。

建議完我就不管了。好幾十個回覆呢，誰知道他會不會看到。那時我一面忙著功課，一面忙著查案，非常分身乏術。

結果，壞事了。

到現在我還是不知道他們是怎麼追查到我宿舍的，據說是有正義人士拔刀相助。一堆人上前叫叫嚷嚷，說我是「凶手」、「殺人犯」，怎麼不去死等等之類。

被我建議去看醫生的陰陽眼，果然去看了。結果越治越惡化，割腕自殺獲救，精神依舊不太穩定。

他們這一群已經從網路上的朋友變成現實中的朋友了，那個自殺的非常後悔去看醫生，最後就歸咎於建議他去看醫生的我。

我並沒有否認。因為一開始，我就不覺得我有錯。這就是處在現實中的我所能提議的最現實的解決辦法。

不然你們希望怎麼樣？去相信某某大師或仙姑嗎？當時的我一個也不認識。而且，你們誰具備「慧眼識真人」的技能嗎？要怎麼知道那些大師是神棍還是高人？

其實讓他們閉嘴很簡單，大部分都骨瘦如柴，要不就是胖得讓人注目。無一例外的身虛體弱。

我甚至來不及全揍了，只摔了最囂張那個過肩摔，就全體尖叫兼退縮了。

當時脾氣還很暴的我，怎麼可能就這麼算了。

「見鬼是吧？陰陽眼是吧？」我冷笑一聲，「小事情。」

我脅迫他們帶我去見那個自殺沒死的傢伙。

醫院當然很多鬼。許多人都還沒來得及反應自己已死的事實。我不在乎他們看到什麼，我只在乎他們能不能把我帶去見那個將過錯推到我身上的傢伙。

如果不希望現實的我提議，其實不那麼現實的我，也有不現實的辦法。

我一把揪起還在吊點滴的那傢伙，另一手撥開瀏海，露出自己的額頭。然後，強迫額頭上的那隻「眼睛」，睜開。

什麼陰陽眼，不過是淨眼沒關上而已，太淺了。

讓你們見識真正的陰陽眼。

我感到撕裂般的痛苦，額頭開始有血滴下來。視野……變得非常明亮而立體，纖毫必見。完全睜開後，我的所有眼睛注視著那個傢伙，眾人發出驚人的尖叫，他叫得最慘。

嗯，現在回想當然覺得很中二，也不知道額頭那隻是不是真正的眼睛。當然，是可以睜開，非常痛苦、而且費力。我剛從「那邊」回來時試過一次，從此再也不敢嘗試。

剛上大學的我，狂傲酷霸跩的走出病房，然後找了個最近的廁所，在裡頭吐血吐得一塌糊塗。

能夠勉強「睜開」幾秒就閉上了，後果就是這麼嚴重。

上回就是這樣。那時還不習慣死人的存在，強睜了「眼睛」。結果就是吐血吐到飽，驚動到救護車，問題是找不到什麼地方內出血。

我知道我會沒事，但向來健康的我重感冒了半個秋天。

這也只是我從那邊帶來的殘存之一，而且，幾乎沒什麼用的大絕招。效果最好的只是「封」，大規模癱瘓效果，時間卻很短暫。然後呢？沒有然後了啊，因為我在吐血吐得不能自已啊！

小朱很後知後覺，直到我大病的時候才知道來龍去脈。他倒是很有義氣的來看我，並且忠實的後續報導。

總之，我在病房「發功」（他們是這麼認為的嗎……？），不但成功的封住自殺未遂那傢伙的陰陽眼，據說也讓在場的人或多或少的損害了陰陽眼的功能。

但他們並不因此感激。

我那時候就明白了。

不管再怎麼抱怨，甚至因此痛苦。多多少少，都會因為這個「天賦」感到沾沾自喜，覺得自己與眾不同。

這沒什麼，我也是這樣的，沒什麼好害羞。

不過這件事情之後，讓小朱大澈大悟了。他不再管別人的閒事，也不拖我……甚至是不讓我去管閒事。

早就該這樣。

日後我在電視上看到某個「專家學者」，恰巧就是那群陰陽眼中的一個。

他還看得到啊？我記得，我在「爆破」那傢伙的陰陽眼時，這個「專家學者」離最近說。

聽著他夸夸而談，我一直在笑。

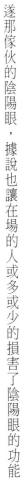

或許去過「那邊」，就會常常懷念「那邊」。而有過見過靈異的眼睛，就會難以忘懷那種與眾不同。

人之常情，人之常情。

之十三　海

有這樣的海邊靈異故事在對岸、日本、台灣，都有類似的版本出現。

通常是海釣，並且是夜釣。然後不遠處出現一個「同好」，釣主會與之搭話，往往會友善的散菸。之後「同好」通常會溫和勸告離開，最後發現「同好」並不是活人。

每次看到我就會偷偷笑一下。

在海邊的往往會被管很寬。

我大三的時候遇到很大的變故：父母在對岸雙雙過世，結案是「入室搶劫」。

獲報用最快的速度抵達，卻已經完全收尾了——現世的草草收尾。

但誰來告訴我，為什麼我父母了結塵緣安心離世了，卻有個懷孕的年輕死人占據我爸的產業，一照面就意圖對我動手。為什麼我父母過世的同屋子裡，同時死了一個孕婦。

我想我是個冷血動物，所以並不是非常悲傷。我只是濃濃的不明白。我不明白明明愛妻愛兒的爸爸，去對岸做生意，三、四年都沒有回家。我不明白媽媽只是去探望爸爸，怎麼就會再也不回來。

如果那個發瘋的孕鬼沒鬼扯，我爸到對岸一年多就「發現真愛」了。除了確定我媽是被那個真愛小三下安眠藥後勒斃，是我爸宰了小三替我媽報仇，還是小三宰了我爸意圖同歸於盡……已經不可考了。

其實我不在乎到底誰宰了誰，我只在乎我媽知道真相的時候有多心痛，她被殺時是否很痛苦。

這是我第一次破壞原則：對女人下手。我將那個據說很厲害的孕鬼親手滅毀。我不在乎以後會有什麼後果。

要說我有什麼遺憾……我只恨那個小三居然死了。她如果還活著，我能親手報母仇。可惜沒給我這個機會，很遺憾只能殺她一次。

但是那又有什麼用呢？除了讓我心裡高漲的暴躁和狂怒稍微熄滅些，什麼用都沒有。

也是從這個時候起，我對去過「那邊」擁有的種種外掛，原本有的沾沾自喜，完全消滅。

因為無用，太無用。即使擁有點能力，也沒辦法阻止父母的殞命。

我很遺憾，並且困惑。

再說一遍，我並沒有很悲傷。

我很冷靜的處理好一切，甚至沒被二一……請了兩個月的假。說明情況後學校很寬容，還安排心理輔導。

其實我不需要。

遺產部分是拜託我爸一個當律師的朋友處理的，扣掉種種稅後，我只留了一小部分足以讓我讀完大學的生活費，其他都捐出去了。

這是我唯一能幫他們做的。我爸老說「好男不吃分家飯」，也常念叨著長大要自立，別指望遺產，因為他會通通捐出去。

我也難得聽話了一回。

我是真的沒事，但是小朱真真當作是大事……我想是因為他也認識我爸媽，以為我只是強撐而已。

那時他每個禮拜都北上找我，比對女朋友還殷勤……實在有點噁心。我叫他別這麼婆媽，他卻只說上來海釣順便，然後把我也拖去海釣了。

週末都從新竹到台北，他也是夠拚的了。其實，自從迷途知返後，他對課業就很認真，海釣也是讓學長帶著會的，不是那麼熱衷。

但是還有比海釣更能夠抒發心中鬱悶的嗎？大概沒有。魚獲多少不重要，喇低賽和練瘋話倒很多。要不然沉默下來盯著浮標，靜靜聽著海濤風聲，也很好。

然後照慣例，我們遇到不少逝者。

其實認為每個鬼都能神智清醒、能言善道，那是不對的。大部分都有點渾渾噩噩，語言能力也不太健全。除了過百年的老鬼，那就必須死對地點、死對時間，而且自己也有極大執念才行。

我不會直稱他們為「死人」，是因為這些徘徊在最佳釣點的通常是「同好」，連死了都還眷念著海釣。除了會輕聲提醒我們小心，也不會做什麼。

小朱本人不抽菸。一旦發現我望向某個方向，會用眼神詢問，我若肯定的點點頭，他就會拿出一根土菸，點著了放在一旁。

然後就會出現遠端抽菸的奇景，逝者會一臉享受的一呼一吸的將菸抽完。

「萬一遇到不抽菸的怎麼辦？」我好奇的問。

小朱得意的昂起頭，「呿～那是我阿媽親手種的菸草，親手捲的菸！」他開始吹牛，說他阿媽是平埔族（其實名字很長，我沒記住）尪姨，可厲害啦，而且香菸在二十一世紀不是好東西，但是阿媽說其實跟漢人的線香功能差不多巴啦巴啦巴啦……

我試過一根土菸，辣得讓人淚流。我猜那真不是給活人抽的。

不要看小朱歡脫得有點缺神經，他意外有耐性。我常起來走走，他能坐在那兒一動不動。說起來，死人是有點可憐的。他們在人多的地方會很不自在，與活人交流往往要挑落單的時候。

我一起來走動，後面就會有好幾個遠遠跟著。

意料中事。逝者不跟看不見的人。

那時我稍微有點自暴自棄。再說吧，雖然我不喜歡管閒事，但是相逢即是有緣，偶爾管管也是可以的。

所以有勇氣上來跟我說話的，我往往會傾聽。

但是我又有很強烈且執拗的善惡觀，新鬼又學不會說謊。真正能讓我幫忙的實在很少。

口齒不清，連自己的心願都想不起來的……麻煩你想起來再找我。

火拼後背了三條人命然後被殺灌水泥的……滾邊去，不要浪費我的時間。

能夠明白想起來自己想回家，卻不記得自己家地址和電話的……抱歉，愛莫能助。

還有很奇特的，樂不思蜀，拜託我給他一套新魚竿的（型號我真的聽都沒聽過），最後我請金紙店幫我糊一個，還加送一條小遊艇。燒完後，一夜大咬（魚拚命咬鉤）。

當中我印象最深刻的，是一個爸爸。他是行船人，海難後費了九牛二虎之力才回來，但是被卡在這兒。

他說，他很想念老婆兒女。家人也很想念他，每年都會在海邊燒紙錢。他知道距離很近，但就是到不了。

可他說最多的不是這些。而是叨叨絮絮女兒多可愛兒子多聽話，老婆雖然嘴碎，卻是個很好很好的女人。他說只要想到老婆可能改嫁，兒女得叫別人爸爸就心如刀割。但是沒辦法啊，誰讓他沒那個命，怎麼就死了。

「他們能好就好啦，真的。」他拿照片給我看，「你看你看，溫某金水（我太太很漂亮）對否？我兒女也蓋古錐。」

其實沒有什麼相片，只有他想像出來的一片雲霧，上面也什麼都沒有。

「……你在哪裡？」

他不讓我靠近，一直說太危險。就在防波堤附近的一堆亂石中。

這類的事情，通常我就是撥個電話就完了，若是只有地址，一張明信片也就算了。大部分的時候都被當成神經病，小部分是空號或查無此人。

但這樣也行了。他們的心願並不是真的要回到家裡，只是想跟家人連絡上罷了。若是真的無法連絡，雖然遺憾，但也能接受這種了斷，安心離開塵世了。

稀少的一兩個會回撥，可能去招魂還是什麼的。我不知道，那隻手機我很少開機。只有這位行船人，他給的電話和地址早已連絡不上，我還費盡力氣去尋找。最終還是連絡上了……感謝萬能的網路，我找到他女兒。

最後她要求我手機連絡，似乎很激動，聲音都在發抖，「……你怎麼知道我爸在哪裡？你是誰？」

這就是我為什麼匿名的緣故。因為太難解釋了。難道要跟她講，你死去的阿爸跟我說的嗎？

「你記住地方，就在……」我再三確認她記下了，就掛了電話。

打完電話我跟瘋魔了一般，每天都去海釣。一直到確定有家人哭喊著去防波堤喊魂，並且有打撈動作，我才安心了。

那個爸爸欣喜若狂的表情，我這輩子都不會忘記。

他回家了。回到家人的身邊。

我想，好爸爸是值得一些特權的。

因為，真的太難得了。母親自從懷孕就與之血脈相連，很容易有母性。

父親則否。

不管社會化包裝得多精美，其實父親相較母親，總是比較冷漠，也不太容易付出所有。因為，多多少少隔了一層，即使極飄忽的一瞬，也會迷惘……這孩子真是我的？

我知道。因為我也是男人。

所以，我對好爸爸格外心軟。

「謬論。」小朱毫不留情的戳破我，「其實你只是想原諒你爸，又原諒不了。講那麼多幹嘛……呷菸啦！」

他扔了根阿媽捲的土菸給我。

我抽得咳嗽連連，眼淚都流出來了。而且似乎流得太久。

這件事情本來應該這麼結束。除了小朱偶爾會拿我哭得跟小孩似的事情虧我。

我只能說這傢伙就是個豬頭，腦容量很小，被我揍了幾次都沒長記性。

但是當完兵回來，我偶然的看了則靈異故事。據說有個神祕人到處打匿名電話，以至於尋獲家人的屍首或魂魄。

聽說是個年輕人，語氣很不耐煩，似乎火氣很大的樣子。

底下的論戰很精彩，有人相信求站內信，有人表示懷疑，還有人嘲諷這麼厲害怎麼不去協助警方。

看到自己成為靈異故事的一部分，實在有些玄妙。

之十四 七月

每年農曆七月，是各大靈異討論區最興旺的時候。各種體驗，各種驚嚇，連平時是麻瓜的人都有可能中獎。

日本似乎有類似的習俗。

每到農曆七月我都非常期待，因為此時文章的精彩度都會大為提升，非常有看頭。許多作家也喜歡在這個月寫靈異故事。

我就認識一個作家，想一下認識多少年了……呃，好像奇摩家族時代就認識了。她每到陰曆七月就像是過生死關一樣，有回病足半年，險些一病不起。

結果病癒後她發願寫了一部主角（男）是個神經病作家的靈異故事，這招居然有效，令人百思不解。

原本我滿喜歡這部作品，還因此成為她真正的粉絲……後來我就勃然大怒了。

她說是用我當基礎文本下去寫的。

這是扭曲、污蔑，嚴重侮辱我的人格。

我跟她說，林北非常man，而且高大帥氣，除了有點暴力傾向，精神非常健康而正常。

跟那個神經病娘炮根本是兩個人。

差點就因此翻臉，要不是她發誓不告訴任何人，真的就要斷絕往來了。

咳，我離題了。

其實絕大部分的人都能平常而愉快的度過這個月，跑去看普度搶孤都不會有事。有的人非常討厭這個習俗，認為平白無故為什麼要「讓」一個月給鬼魂。

我也不知道為什麼。

但很可愛不是嗎？雖然看不到，活人卻思念過世的親人，澤被孤魂野鬼，怕他們無衣無食沒錢花，很體貼的普度。

這種心意，真是活人不多的純粹良善。

所以，寬容一點。就算是從文化的角度，也容忍些吧。

起碼我看這些死人是挺開心的。

其實農曆七月我沒什麼體驗。就街上名為「死人」的外國人比較多，密度比較高。台北的陽氣真的太足了，再厲害的厲鬼凶宅，沒多久就被陽氣沖得淚流滿面，飲恨逃亡，凶宅都不凶宅了。

而且，我也不是好惹的。

長居久了，即使是農曆七月我也很少被衝撞。

只有一回，農曆七月我南下代班測量土地，才有了次前所未有的體驗。

其實我不清楚雇主是幹嘛的，主要是我某個大學學長找我來……因為我最閒。的確也是測量土地，但是老往山裡面鑽不知道是為什麼。

那個雇主給我一種……「黑頭」的感覺。

奇怪的是，他要去的地方，是個很多死人聚集的地方。呃，我不知道怎麼形容……有點像是日本靈場的感覺吧。

有個霞紅如血的傍晚，落腳在某個小山村。我們住在村尾，吃飯要去村頭的嚮導家。我跟其他人一起走，因為鞋帶掉了，我蹲下來綁鞋帶，站起來就看不到半個人。

這對我來說是非常奇怪的事情。世界於我而言總是稍嫌擁擠，現在卻一次淨空了。薄薄的霧像細紗般環繞，景物很清楚。但是從村尾要走向村頭，足足走了一個多小時都還沒到。景色慢慢的變了，一戶戶小小的門緊緊關著，怎麼走都好像沒有盡頭。

我納悶的站定。

在不經意間，天空變成一種似明非明的灰色，顯得薄霧特別的白。沒有蟲鳴、沒有鳥叫，萬籟俱靜。

這……難道是傳說中的「鬼打牆」？

雖然山中什麼事情都有可能發生，但是這座山實在是……不高。比起詭譎的B峰，這座山太和藹可親了，我沒想到會遇到這麼詭異的情況。

我只是出來吃飯，兩手空空。只有口袋還有半包菸……拉關係專用，其實我不大抽菸，而且只抽空菸。

「喂，別鬧。」我抽了根菸，又點了一根。看到放在地上的菸飛快的明滅，確定有「人」在我附近，「香火抽了就走吧。你該高興的是，我年紀大了，不那麼愛動拳頭了。」

菸照抽，還是不見「人」影。

「……我真不願意用這招。」我咕噥著。

聽黑頭說，童子尿可以破鬼打牆。

結果拉鍊才拉到一半，就聽到一聲很輕的驚呼。我飛快的往呼聲抓去，果然拎出一個……小孩。

好吧，過世的小孩。

「沒體統！」他老氣橫秋的罵，「沒規沒矩！沒你爸媽看著果然不行！」

……你誰呀你?!

據說，這個小孩是我某個祖先的大伯，十歲時過世了。結果我某個祖先過繼給他，我算是他這一支的。

不要說我輩分都算不清楚，連他都不清楚。他知道今年是乙未年，卻不知道是民國幾年。

他說，每年七月初會到陽間來，七月底就會回去。問他來幹嘛，他一臉嚴肅的說，「天機不可洩漏」。

我算了半天，不知道他算不算在我的原則之內。雖然老鬼學會說謊了……為防萬一揍到自己的祖宗，我還是決定把拳頭先省下。

「喂，別把我困在這兒。快撤了快撤了。」我不耐煩的說。

「不行。」他把小臉一沉，「死囡仔災，恁祖公在救你災無?!要不是你是我名義上的孫子，誰想理你啊?!今晚有人要亂！鎮暴來不及啦，你乖乖待著，等等就能走了……」

雖然沒聽得很懂，但我大約知道，這行有災，他乾脆讓我鬼打牆了。

「你是傳說中的盜路鬼。」我恍然大悟。

我聽黑頭說過，有時候鬼打牆不是為了害人，而是為了救人。畢竟見鬼這天賦絕大部分的人都沒有，有時候遇到鬼也惹不起的惡霸，為了不讓活人平白喪生，就會將人迷到安全點的地方，哪怕是繞著墳墓轉一晚都比平白無故的死了好。

但這是成雙成對的。會出現盜路鬼，通常會有引人入絕地的惡鬼凶煞。有時候活人死在非常匪夷所思，甚至方向完全錯誤的地方，就是這種惡鬼凶煞的緣故。

他居然臉紅起來，「才、才不是……有點修行的都會盜路這招啊!!誰不會？我是碰巧、碰巧！才不是特意來救你！」

「呃，謝謝。」

「謝屁啊謝？？！！」

……突然覺得遺傳很可怕。家族遺傳固有的壞脾氣。

最後我讓他摸摸我的額頭，他像是被燙到遠遠一跳，幻象消除了……我圍著村外幾個墳墓轉圈，踩了一行又一行的腳印。

摸摸下巴，「我還滿想知道是什麼樣的惡鬼凶煞。」

「賣亂！」他大喝，「林北是文職啦！我可保不住……」然後他猛然摀嘴，一臉驚恐。

我當作沒聽到。

折了折骨節，好久沒打架，骨頭都癢了，得好好熱身。小孩先祖一直在後面拉，可惜文職力氣太小。

算是長見識了。各式各樣的死人我都見過，能有組織有紀律的聚集小弟稱霸的大咖，頭回見到。據說是陰間的黑道……吧。

「我以為陰間不會有黑道。」

「陰間是很大的，總有不聽王法的……我什麼都沒說！你閉嘴！」他馬上惱羞成怒。

「……好不容易等到鬼門開，特意跑來陽間，然後弄死幾個人……這有什麼意義？」我真心不懂。

「你為什麼不去問開膛手傑克?!」他更怒。

接下來他想甩我也沒辦法了。因為我們已經引起黑道頭子的注意。

我比較擔心他們一湧而上，那真心累人。誰知道那個黑道頭子被激了幾句就同意釘孤支。難怪人說死人直，自稱鬼王的黑道頭子也不例外。

這架真是酣暢淋漓，難逢這樣旗鼓相當的對手。我把他打得夠慘，他也把我揍得夠嗆。雖然我很想說我大獲全勝……其實也只是撐到陰間鎮暴警察到來。

好吧，或許我們該叫他們陰將陰兵之類。誰知道。

總之，陰間方出動鎮暴警察把那群黑道押走了。我猜能處理得這麼迅速確實，大概是我那個說漏嘴的文職先祖的緣故。

他非常火大的對我伸手，好一會兒我才明白他的意思，將黑道頭子的一條腿遞給他。

然後，他非常疲倦的嘆了一口氣。「你將來，如何是好？」

「不知生，焉知死。」

他的表情很精彩，稚童的臉孔整個抽筋了，像是活吞了隻蒼蠅，「滂個屁文，Shut up！」

……唷，連英文都會講了。

他氣呼呼的拂袖而去，我喊住他，「我爸媽，還好嗎？」

很明顯的，他僵了一下。「你媽很平靜的投胎了。」

「……我爸呢？」

他不耐煩起來，「一定是要受點苦的啊！有罪在身自然的。你以為陰間跟新訓一樣涼喔？」沉默了片刻，「別擔心。其實你爸是甘願受刑的。他……懊悔了。」

「後悔有什麼用？」我很衝的說，「我相信三界中也買不到後悔藥。」

他有些憂鬱的看著我。看著小孩子露出這樣的神情真是詭異。更詭異的是，飄飛起來，用小小的手摸我的頭，「不要怕，祖公看護著你。」

「……誰怕啊？？！」我猛然一甩頭。

他笑了，笑得又賊又狡猾，然後就在我面前消失了。

呿，老鬼都成精了。

之後我鼻青臉腫的從林裡爬出來，小山村早就亂成一鍋粥。只不過去吃頓晚飯，失蹤了一個（就是我），其他人意外迷路到村外，摔了兩個到山溝。

很幸運的因為落差不大，又長滿芒草，只有些擦傷。卻好像撞到頭，昏迷不醒。最後這次測量土地不得不終止。

更幸運的是，天亮就醒來了。沒多久，失蹤者（還是我）自行歸來。

後來我看雇主很失落，喃喃自語的說，「難道真是七月十五的關係？不應該啊……」

雖然我很想告訴他，只是幾個類似殺人狂的王八蛋取樂，但我覺得雇主會乾脆省下我的薪水，將我送去精神病院。

罷了，也算沒事。

後來我想，我家先祖幹嘛不把所有人都弄進鬼打牆裡……呃，我想到他那文職單薄、依舊還是孩童的小身板。

未免也太強人所難。

蝴言　九九

費了一天跟九九溝通，甚至破天荒的打手機給他，他依舊拒絕再說故事。

他說，其他的經歷乏善可陳，沒有什麼趣味，他不願意湊字數。

我說，那好歹做個ending吧？

他很不解的說，「我還活著啊。現在無法蓋棺論定。」

然後再見也不說，就直接掛了電話。

他就是個這麼沒有禮貌的小鬼。

我跟九九認識十幾年了，他比我兒子大幾歲而已。當年認識他，是我還願意出去走跳，偶爾會參加網聚的時候。

事實上，他很沉默安靜，善於傾聽。但依舊給人一種……桀驁不馴的印象。明明有一雙很漂亮的眼睛，卻有種令人膽寒的尖銳。

他總是微微垂著眼簾。後來我才發現，他是為了掩飾習慣用眼白看人的高傲。

那天見的人很多，能夠讓我留下一點印象的卻沒幾個，九九算是當中之一。

現實中見過面，在網路上當然比較容易熟悉。我對他的了解就是他很愛聽不可思議的故事。網聚後，他將我所有的小說都看過了，寫了將近萬字的心得給我。

非常唾棄言情類，然後告訴我，他還挺喜歡奇幻系那個任性不羈的女主角。

於是他成為我一個非常清醒的讀者。

直到有一天，我們在網路上閒聊，談到老胡計程車。他說，「喔，其實這事不太會再發生了……最少台北不會。」

於是他告訴我了那則「老故事」。

當時我覺得這孩子說故事挺有天分的，鼓勵他寫故事投稿看看……他興趣缺缺。被我問多逼急了，寫了那一篇給我。

這個很有才華的孩子根本就是跟人對著幹。他用幾可亂真的筆法，徹底的模仿了我。以至於連我自己都分不出來這是不是我寫的。

我嚴厲的告訴他別這樣，他也只是笑。但他偶爾會即興寫幾個小短篇，依舊是模仿我的文風，述說他的故事。

非常有想像力……有時候，我甚至會誤認為是真實發生的。

但是會自稱自己有超能力（不管是哪種）的讀者很多，告訴我的故事更離奇不可思議。有的甚至會……勸告我別那麼愛講，語氣還不怎麼好。

真的跟我一路通信，能忍受我一旦發作就經年累月不通音信的孤僻，實在不是太多人。

大概只有也常常失蹤的吞刃，和根本就不怎麼管我失不失蹤的九九。

其實拿九九當文本的不只是那個神經病作家，許多非靈異類的主角常有「眼神銳利、高傲、多智近妖」的特徵。

幸好他只看不可思議的故事。

我們是老朋友，年齡差很多的老朋友。

真正的君子之交淡如水。

但我正視或許不全然是創作的……是某年，我所居住的大樓浮現異味。有時出現，有時消失。

警衛和清潔員都沒聞到。我打算不當回事。

可跟我體質相同有點敏感的小兒子，跟我同搭電梯時，也聞到了異味，並且電梯的燈光劇烈閃爍，同時電梯抖動。

雖然沒出什麼事情，通報管理室也請了電梯維護公司來察看，問題卻只是減少，並沒有杜絕。

我有些苦惱的半開玩笑告訴了九九，他說，「哦，我剛好來台中的小七打工。要我去看看嗎？」

「你能看出什麼啊？」我根本不相信。

他只回了兩個字，「呵呵。」

後來他堅持來看我，我也就無可無不可的答應了。我的兩個孩子跟他年紀差沒多少，說不定年輕人能玩在一起。

時隔多年，他成熟許多……外表上。那總喜歡拿眼白看人的習慣還是沒有改。沒想到他居然很有常識的帶了伴手禮，而不是兩手空空的來吃飯。

進了電梯，香水味夾雜著惡臭味襲來。

「靠北喔。」九九冷冷一笑，「敢來試試？」

有一瞬間，像是空氣都消失了的短暫窒息，然後就沒了。

什麼味道都沒有。

我瞪著九九，他一臉無辜。「我早跟妳說過了呀。」

之後電梯就完全正常了。

然後我發現老朋友原來不完全是個正常人。

這件事後，我不斷的慫恿他，哪怕只發表鬼故事也是個好開始。有文筆的人不少，但是真有料能寫靈異故事的人卻不多。

我？其實我只是體質比較敏感，也沒什麼可稱道的體驗。只是小說家嘛，大家都知道，是大說謊家，能抓到一分半點都能化為十幾萬字的大作。

他這樣太難得了。

起初他沒有興趣。但對別人都有點缺乏耐性的他，對女人格外容忍。只是我也不喜歡強迫人，嘮叨幾次就算了。

直到去年冬天，我沒有預警的大發作，一直到今春還是陷入沮喪的深淵。

他說，「這輩子都是妳為人說故事，現在我說給妳聽吧。也聽了妳太多故事。」

就是你們看到的這些「羅玖二三事」。

他同意讓我發表出去，卻不願意掛他的名字。因為他說，他會模仿，卻沒有自己的文風。

唯一的缺點是，他雖然能把文風仿得很像，卻沒有開頭也沒有結尾，真的就只是「二三事」。

不過，在最後一個故事完結後，鬱積一冬帶一春的鬱結，居然不藥而癒，像是從來沒有存在過一般。

國家圖書館出版品預行編目資料

蝴窗夜談 / 蝴蝶Seba 著.
-- 初版. -- 新北市 : 雅書堂文化, 2016.07
面； 公分. -(蝴蝶館 ; 74)
ISBN 978-986-302-310-4(平裝)

857.7　　105007521

蝴蝶館 74

蝴窗夜談

作　　者／蝴　蝶
發 行 人／詹慶和
總 編 輯／蔡麗玲
執行編輯／蔡毓玲
編　　輯／劉蕙寧・黃璟安・陳姿伶・白宜平・李佳穎
封面繪圖／雪歌草
封面書法字／做作的Daphne
執行美編／陳麗娜
美術編輯／周盈汝・韓欣恬

出版者／雅書堂文化事業有限公司
郵政劃撥帳號／18225950
戶名／雅書堂文化事業有限公司
地址／新北市板橋區板新路206號3樓
電子信箱／elegant.books@msa.hinet.net
電話／（02）8952-4078
傳真／（02）8952-4084

2016年07月初版一刷　定價280元

總經銷／朝日文化事業有限公司
進退貨地址／新北市中和區橋安街15巷1號7樓
電話／（02）2249-7714
傳真／（02）2249-8715

Seba・蝴蝶

Seba・蝴蝶